仰光

杜英著

U0850232

山西出版传媒集团
山西人民出版社

图书在版编目（CIP）数据

仰光 / 旋木安静著. —太原：山西人民出版社，2015.9
ISBN 978-7-203-09207-0

Ⅰ. ①仰… Ⅱ.①旋… Ⅲ. ①散文集—中国—当代
②小说集—中国—当代 Ⅳ. ①I217.2

中国版本图书馆 CIP 数据核字（2015）第 225025 号

仰光

著　　者：	旋木安静
责任编辑：	翟丽娟
出 版 者：	山西出版传媒集团·山西人民出版社
地　　址：	太原市建设南路 21 号
邮　　编：	030012
发行营销：	0351-4922220　4955996　4956039　4922127（传真）
天猫官网：	http://sxrmcbs.tmall.com　　电话：0351-4922159
E－mail：	sxskcb@163.com　　发行部
	sxskcb@126.com　　总编室
网　　址：	www.sxskcb.com
经 销 者：	新华书店
承 印 者：	廊坊飞腾印刷包装有限公司
开　　本：	880mm×1230mm　1/32
印　　张：	9.25
字　　数：	170 千字
印　　数：	1-1000 册
版　　次：	2015 年 9 月　第 1 版
印　　次：	2015 年 9 月　第 1 次印刷
书　　号：	ISBN 978-7-203-09207-0
定　　价：	25.00 元

如有印装质量问题请与本社联系调换

轻柔的锐利

——我读旋木安静

20世纪80年代,中国文学热。那是中国思想解放运动的怒涛,那是中国个性解放的狂飙。时过境迁,文学热不再,文坛似乎几分落寞。但在严峻的生活中,文学从来不曾缺席。思想解放与个性解放并没有也不可能戛然而止。曾经的代代文学前驱的热血,化为潜流灌沃荒野;狭义的文坛之外,一个更为广阔更具生命力的草根文坛生机勃勃。

读到旋木安静的作品,愈加强化了我的这点认识。

"旋木安静"是郑媛之的笔名。女孩子叫媛之,原本显着几分轻柔;取这样一个笔名,似乎在追求几分别致。她的文字,已经初步具备了若干个性化的品质,恰也有着某种别致的细腻与轻柔的锐利,这足以令人欣喜。

读她的文章,首先能够看出她读书颇多,而且善于吸纳借鉴。没有堆砌辞藻的卖弄,也不显生吞活剥的稚拙。事实上,任何初学者都是在大量的阅读吸纳中渐渐学会了写作。应该说,犹如野草汲取天地灵气化作一派葳蕤,她在读书中已然多少悟出了读书的真谛:含英咀华得其章法要旨,洞穿皮相而能取精用弘。

她的整部书稿、所有文字,可以看成是个人心灵成长史的忠实记录。每个人,都有属于自己的成长史。而在成长的过程中,并非每一生命个体都能够自觉感知和把控记录这一成长过程。旋木安静这部书稿最突出的宝贵之处,正在于此。一颗早慧而敏感的心灵,感触到成长本身的那种躁动和疼痛。她屏声静气面对无可逃遁的成长痛苦与蜕变欣悦,又小心翼翼地竭尽真诚忠实记录下了所有的一切。"认识你自己",谈何容易,一个刚刚20岁的女孩子,通过文学之途渐渐拥有了这样的自觉,值得称道。

常见一些初学者,描述一点见闻或自述些许心得,缺乏个性化的语言表述,说的都是文摘类刊物上的"警言妙语"之类。旋木安静的语言,相当个性化,几分轻柔,几分锐利;她的些许心得感悟,全然来自于生命的体验,是为真知灼见、故而活色生香。于是,她应该获得中肯的评价:她的文字,具备了某种个性化的品质。老话讲文如其人,与其说她的文字具备了个性化的品质,莫如说她纯然就是一位有着别致细腻性灵的女子。

认识世界,从认识自我开始。这部书稿,多数篇章皆是作者的自我倾诉,可以看成是她的心灵独白。有人说,从事文学写作有自我救赎的功能,甚至鼓吹文学是从文者的宗教,从这样的意义上评价,她当是通过文学创作之途,在写作中学会了写作,在成长中赢得了成长。

古来圣哲倡导推己及人。从这部书稿中,我们还能看到,旋木安静偏重于自我倾诉的写作,没有导向自叹自恋。她渐渐懂得了体谅长辈、理解他人。这是值得大加首肯的真正成长。女孩嫒之刚刚20岁,经过了文学的熏陶加持,她的眼界将渐次开阔、胸襟将渐次博大。让我们期待她的进一步成长,期待她的下一部作品。

眼下,她的这部书稿,书名"仰光",即将付梓面世接受读者的审读评判。在同辈人当中,她敏感而早慧,已然有了这样的写作实绩;而在广袤的文坛,她或许还只是一株柔弱的小草。即便只是一株草茎,它也在发出自己独特的声响,参与着众声喧哗。

清风吹拂,草叶喧哗;碧野蓝天下的溪流,一派空明澄澈。

读旋木安静,生感受点滴,聊以为序。

张五山

乙未秋日

青春的颜色

青春的颜色,是早春果园的颜色,早春果园的颜色,是青涩的颜色。

早春的果园,淡蓝色的雾岚袅袅浮动,顶着花蕾的青涩小果,掩映在伸展幻想触丝的枝头,牛乳一样鲜润的晨曦,在绿叶缝隙闪烁弹跳,远处隐约飘来一笛青涩的流韵……这是我读《仰光》时,视觉屏幕上映射出的画面。

这是一部为青春塑像的书,一册炫亮青春颜色的书。

青春的颜色,是成长的颜色:"2008年,温暖又彷徨";"2010年,明媚而忧伤";"2013年11月23日,日历上的数字红得有些让人害怕"……

青春,在成长中灿烂;成长,让青春无比炫丽。"那些孤独,寂寞,伤痕,死亡,别离,思念,等待,稍纵即逝的温情和绵延永恒的绝望,就这样随着时间慢慢定格在我的眼眸,凝结成深色的琥珀。"

作者借同学阿翎的口说"你是一个任性的小孩,你是一个没有安全感的小孩,你是一个简单却又复杂的小孩"。

哪个花季女孩不曾沉醉过黄昏的晚霞?哪个青涩男孩不曾追逐过风筝的翅膀?青春,最宝贵最易碎的瓷器?

"人总是需要抛弃些什么,抛弃掉一些自己舍不得丢掉的东西,直到疼痛难忍,直到撕心裂肺。于是我们发现,我们长大了……"

"时光在变老,我们在成长。岁月在不知不觉中就把我们逼向了一个又一个断崖,要我们抉择。"

疼痛是成长的代价。有谁知道,青涩苹果在走向红熟中,咀嚼过怎样的风雨之痛。

苹果公司商标的那个"苹果",一定是青涩的。那个青涩的苹果,有一弯月牙之缺,像是被谁咬了一口。而我愿意相信,那一口一定是乔布斯咬的。乔布斯曾为公司叫什么名字而犯愁。一天,他从农场果园回来,突然想到了自己咬的那个苹果。乔布斯的苹果公司,就这样名正言顺地诞生了。那个苹果是青涩的,多年以后,乔布斯一想到它,牙根都会不免一阵发酸。而有谁能想到,乔布斯咬一口的青涩的苹果,有一天红成了照耀世界的金苹果。

著名作家、学术散文创立者　聂还贵
2015年8月

我见青山多妩媚

如今，能够踏踏实实地用心去体察生活，把自己埋在文字的田园里认认真真地用情去描摹生活的人越来越少了，对于年纪不大的人来说更是如此。

旋木安静的《仰光》让我们有一种眼前突然发亮的反应。作为一个一直在把玩文字，让文字浸透到自己生活的每一个角落、浸透到自己的骨骼里的编辑来说，因工作性质日复一日绵延不断的文字长征使自己对一般的文章都会有一种麻木的感觉。然而旋木安静和她的《仰光》有点让我措手不及，这首先是因为她花骨朵一般的年龄，在这个年龄更多的人不是应付在学校功课的学业考试当中，就是沉迷于网络电玩产品累日耗时和卿卿我我的男女交往之中，而旋木安静却是用她手中的笔写出了《仰光》这样的书。其次，青春年华的女孩子能够用心去回忆、用情去追索、用自己的脑袋去深沉地思想是一件难能可贵的事。有很多人认为回忆是种病，甜蜜苦涩深藏其中。其实，更多的回忆都是一种对过往幸福的玩味，旋木安静就是这样，她在自己的年轻的心灵世界中反复审视逐渐从自己身上褪去的稚气与天真，不停地拷问幸福的涵义、成长的秘籍、理想的选择，她把自己挂在面颊的一颗颗晶莹的泪珠用思想的绳索链结接成让人赞叹不已的珍珠项链。这时候，我们看到的是一个在人生的道路上积极奔跑的健康的充满爱意的阳光女孩。

　　花开花谢是自然规律，相聚离别是人生常态，需要坦然面对，否则看到满地樱花也会是种殇。平行交叉，是人生轨迹，也是种架构，编织着我们的喜乐年华，也如同时空隧道一样，给了我们无数遐想。人生，最大的本领就是适应，无论是独到他乡为异客，还是身处一个新的工作环境，学会了适应，也便有了生根发芽的沃土。人生如戏，自己既是编导，又是主角，这一秒，滴一声就成为了过去，过去了就不可能重来，所以说，戏剧可以反复彩排，人生却是单行的，没有往返，也不可倒转，不管你愿不愿意、喜不喜欢，不以你的意志为转移，所以要且行且珍惜。我们从旋木安静对于自己正在行进中的青春的反复考量中，看到了她对于人生的执着思考。一个阳光女孩能够深入地用文字的形式进行人生价值的探索，对于我们、对于文学是一件再好不过的事情了！通过一行行唯美的文字，我们发现：在旋木安静内心世界里，文字成了镂空灵魂的核心，音乐成为安抚她受伤痛苦的药剂，她已经深深地与文学艺术结缘，她的理想如同姹紫嫣红的焰火在高空中多彩绚烂。

整本书籍以回忆中小学以及走入大学后的学习生活为主线，中间穿插着难以忘却的生活碎片、对生活的所感所悟、从相恋到失恋以及不断成熟的心路历程，有欢喜，有伤感，这对一个90后来说并不容易，惟有张开每个毛孔认真吮吸生活的人才能做得到。整本书由"任时光荏苒不复"、"青春荒唐不负我"、"那些花儿"、"与梦私奔"、"番外小小说"五个部分组成，都是作者对20年来的人生历程的所思、所想、所感、所忆、所悟，绚丽的文字就如一只灵动的跳兔，不论跳到哪里总是那么吸引人的眼球。通读全书，就如同品尝用青春酿造的酒香和花骨朵散发的诱人的花香。

雄关漫道真如铁，而今迈步从头越。作为不娇柔、不做作，敢作敢当，敢爱敢恨，富有强烈的责任感和使命感的一代人，父辈身上的优良品质得到了薪火相传，中华名族的传统美德在血脉中繁衍。曾经的卡哇伊，即使是任性也显得那么可爱，我看到了即将成为社会主力军的一代人不是传说中的颓废的一代，而是生龙活虎、生机无限的一代。如果旋木安静在以后的文艺生涯中，能够坚持做自己，将自己的风格发扬光大，再认真汲取传统的经典的文学精髓，古为今用，洋为中用，坚持用独特的视角去观察问题，弘扬社会主旋律，针砭时弊，不焦躁、不做作，不为名利所惑，笔耕不辍，必将成为一棵参天大树。

旋木安静加油，为你鼓掌！

著名作家、画家、诗人　刘文科
2015 年 8 月

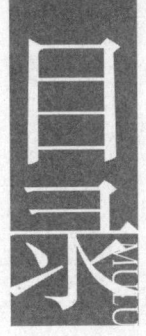

任时光荏苒不复
1

青春荒唐不负我
87

那些花儿
149

与梦私奔
201

番外小小说
239

后记
278

Part 1

任时光荏苒不复

回忆是种病

疼痛是习惯

毕业旧时伤

樱落满地殇

平行交叉，天各一端

谁又记得谁旧时模样

有一种过去叫回不去

有一种回忆叫深忆

你说懵懂我未懂

命由天定

时间时间，你别哭

愿爱我的你们安康

骊歌未央

回忆是种病

时间流逝得让我有些措手不及,那些曾经让我无比怀念的过往仿佛就这样在世界巨大的碾压下破裂成了碎块。一切都好像苍白了似的,记忆被时光切割成段,我只能一片一片地拾起,从中读取那些似乎只属于我的梦。

仰光（二）

不知怎的，就突然想写一些关于自己的文字。记录也好，虚构也罢。

时间流逝得让我有些措手不及，那些曾经我无比怀念的过往仿佛就这样在世界巨大的碾压下破裂成了碎块。一切都好像苍白了似的，记忆被时光切割成段，我只能一片一片地拾起，从中读取那些似乎只属于我的梦。

旧时的人生应该是有很多人参与过的吧。以前的我似乎不懂得什么是悲伤，只是任性地、近乎偏执地去做那些我想做，喜欢做的事，讨厌我不喜欢的人。

如此简单。

我忘了自己是从什么时候开始喜欢伤害自己。胸口左侧的疼痛在某一天终于击垮了我引以为傲的意志力，于是它奴役我了。从此，我的肉体便成了代替灵魂受罪的载体，可以任我伤害，去分担我心口的痛了。可是，我为什么会疼呢？

最初的原因我已经忘了，只是意念告诉我，你该疼了，于是我的心开始听话地疼，莫名的，漫无目的的。

曾经，在一段记忆片段里，我记得自己喜欢信乐团的歌。无关好听或者热爱，只是固执地爱上那种摇滚打击乐带给我的听觉上以及灵魂上的震撼。爆裂的音乐仿佛可以把我的身体撕裂开似的，一种孱弱生命力和强烈音乐之间的对决。于是我败了，败到最后只能落荒而逃。

最后的结局似乎是我不勇敢了，时光仿佛蚕丝般一点一点把我的过去包裹成茧。而我的过去却毫无还手之力，只能任凭时间把它束缚，装进时间提前为它做好的茧，脱离了我，脱离了自己。

我越来越看不清了，"曾经"这个东西最终还是破茧化蝶了吧，要不然它怎么会和我记忆里的曾经脱节呢。记忆里的我，坚强而勇敢，可以微笑面对所有的伤痛。可是又为什么，我现在变得喜欢退缩了呢。

2008年的时候，我得到了我认为值得用一生去交的几个朋友。她们似乎都比我自己还了解我的性格、脾气、爱好，等等。她们仿佛是这个世界上最能包容我的人。

冉冉，一个爱笑、善良、正直的女生，对我却有着不知名的霸道，和我妈似的，整天就喜欢管我。

初中的我，没有脾气，或者说，脾气很小，也就那样任她管着，不说不闹。

冉冉曾经和我说，不知道为什么，我就是想宠你，我觉得宠你对我来说是一种幸福。当时听到这句话，我半晌没有说话。嗯……我不知道该说什么，怎么说。那时的我，腼腆而羞涩。我想,当时的我,心里应该是很开心的吧。可是不知道为什么,我却笑不出来。嘴角在听到那句话时有轻微的上扬,而眼眸里却充满了悲伤。

什么是幸福?我似乎越来越摸不清了。我记得曾经有位浪漫主义派别的作家说过这样一句话:幸福就是你爱的人同时也爱着你。真的是这样吗?或许被宠爱本身就是一种幸福,抑或刚才听到冉冉说那句话的时候心里小小的满足就是幸福。可是,那又怎样呢?幸福终不过是转瞬即逝罢了,停留在我身上,印刻在我灵魂里的终是悲伤,不是吗?

冉冉最后还是摸了摸我的头,走了。我想,她应该是知道我的。有一种喜悦不必说,都懂,有一种相知叫沉默。

初中的时候,我的数学就成了我致命的伤。数学似乎总是和我过不去,任凭我怎么努力都学不会。好吧,我坦白,我从未努力学过数学。用数学老师的话来说就是:"你如果能清醒地上完一节数学课都是奇迹。"于是,就这样,数学毅然决然地抛弃了我。

相反,冉冉的数学成绩优异得可怕,每次不管周考还是月考抑或期末考试,她的数学成绩永远是班里第一。每次考完试,冉冉都会像一个老者一样,语重心长地告诉我,你应该好好学数学了。可是每次听的时候我都吊儿郎当的,甚至摇头晃脑地和冉冉扯其他话题。语文成绩优异的我每次都能成功地带着冉冉跑题。人们都说，学会数理化，走遍世界都不怕，而我对此不以为然。语文似乎是我的全部，有一种似乎只要我掌握了它就可以掌控天下的感觉。于是我说："语文在手，天下我有。"当然，鄙视理科生的后果是很严重的，在我大笑几声后，接踵而来的就是狂轰滥炸式的"去死""揍死你"等各种语言凌虐。

2008年，温暖又彷徨。

刚刚坐在大槐树下，手插着兜，戴着耳机怀念以前的事。初中三年似乎过得比什么都快，在我们嬉笑打闹中飞一般度过。三年里，我们幻想过高中去什么样的学校，会交到什么样的朋友，会不会关系处得比现在好。最后的最后，还是回到会不会忘记彼此这个话题上。

小时候的我们不懂压抑感情，不懂沉淀心里那份不安的情愫，只能用怀抱和眼泪来表达自己心里的不甘和不舍。于是我们哭了，哭得昏天黑地。

初三那年，所有人都疯了。平行班的学生疯了似的天天狂欢，实验班的我们疯了似的学习。老师开始不准我们和别的班的同学来往，老师开始严格地在每日早读检查同学们的背诵，老师开始给每个成绩下滑的学生开会、谈话，包括我。

我的成绩从初二期末考的全年级第十五名，跌到全年级第三十七名。

老师急了，家人急了，可我不急。

班里沉重的学习气氛压抑得我喘不过气。老师每天说的话三句不离中考,全部都是分数、排名。从那时起,一分三万的理念在我的脑海里根深蒂固。于是我似乎也急了,我开始让自己变得忙碌起来,每天穿梭于学校图书馆和教学楼之间,疯狂"扫荡"摆在书架上的名著。

初三上半学期,我把学校图书馆里所有的名著都读完了,速度快得连我自己都吃惊。于是我又无所事事了。

冉冉总是骂我变态,我也不知道为什么。冉冉说,每次看到我笑着把政治书递给她让她帮我抄笔记,我却心安理得地趴在桌子上睡觉时,都特别想揍我。当然,这还不是最主要的。最主要的是,我每堂政治课都睡觉,但政治单科成绩还是全年级第一。然后我知道,她是对我羡慕嫉妒恨,所以才会说我变态的。

后来我把政治书给别人让他们帮我抄笔记了。冉冉说,我是混蛋。

好吧,从变态到混蛋,我这是成功晋级了,对吗?

2010年,明媚而忧伤。

疼痛是习惯

就是这样,在悄无声息中让我们长大、成熟。于是我们知道了什么该说,什么不该说。于是我们变得沉默,我们原来世界并不是我们想象中的那样。我们并不是拥有完全的自由,可以做自己想做的任何事情,并且我们不一定有能力做。渐渐地,被现实打回原形的幻想碎成了泡沫,我们到最后却什么都没有了。

仰光（二）

2010年的每一个清晨或许都是晴朗的吧，至少我这么认为过。

大片大片的阳光从树叶间散落下来碎成块，斑驳而又明显地刻画出这一天的前景。

我喜欢看阳光，但仅仅是透过我的窗去看它毫不扎眼的光束。阳光似乎总能带给人们一些模糊的希望，连我们自己都搞不懂，哪怕前面是万丈深渊也宁愿循着光的影子一步一步，沉着而冷静地迈向死亡。

我是这样的，我身边的朋友是这样的，相信所有人都是这样的。明知道自己选择的路可能会让自己万劫不复，但还是咬着牙想要坚持下去。

我们每个人都相信命，却又都不相信命中注定。人们都说，人定胜天，可是又有几个人做到了呢？大部分还是在最后的最后放弃挣扎了，不是吗？

2010年春，我喜欢上了VAE。淡淡的，一种容易扩散的小悲伤在他的音乐里随处体现。那时候，他还没有出道，拒绝签约，拒绝走红，却神奇般地走红了，他那么耀眼。他的歌词总是那么有意境，令人惊喜。这是我最初喜欢他的原因，和大部分歌迷一样，因为他的音乐。我想，时间是有魔力的吧，让我从肤浅变得真挚。它似乎把什么拉长了，我们的身高、我们的思绪，却又把什么缩短了，我们的身高、我们的思绪。

　　站在洒满夕阳余晖的窗前，我时常在想，是不是过去的真的就不会再回来。昨天和冉冉打电话聊天，聊到现在的生活。她问我，亲爱的，你过得好吗？我在电话的另一边笑着说，当然。然后紧接着就是很长一段时间的沉默，我不知道该说什么。其实我们都知道对方过得还好，或者说，即使我们知道了对方过得不好，那又能怎样，依旧是无能为力的，不是吗？时光就是这样，在悄无声息中让我们长大，变得成熟。于是我们知道了什么该说，什么不该说。于是我们变得沉默，我们开始知道，原来世界并不是我们想象中的那样，我们并不是拥有完全的自由，可以做自己想做的任何事情，并且我们不一定有能力做。渐渐地，被现实打回原形的幻想碎成了泡沫，我们到最后却什么都没有了。

　　现实教会我们变得残忍，残忍地对待过往，残忍地对待将来，然后把夹在中间的现在的我们逼得进退维谷。我在冉冉挂了电话几秒钟后才回过神来，想张口说些什么却为时已晚。其实我想像以前一样，和她说我现在的生活、身边的人或事，笑骂着，带着戏谑的语调讽刺现在的社会。

可是我不能了。曾经她在我身边,曾经她和我一起经历。可是现在,我的生活她不曾参与。任我怎么讽刺,她又怎么会懂,现在的我的感受。

我怪时间吗?怪。

我怪时间吗?不怪。

还有几天就要考科二了,可我却一副不情愿的样子。近二十天的学车生活已经让我麻木。每天倒桩、倒桩,无聊到要死。十几个人却只有一辆车,每次练车的时间少得可怜,然后就要再等一个多小时,才能再轮到我。二十天,我浪费了多少生命,可想而知。教练总是说:"就你们这群活死人,考试能过了才见鬼。"而我们一群人也只是笑笑,不说话。人笨,我们也没办法不是?于是考试将近,我逐渐惆怅起来。考完试,不论能不能过,都将面临离别。唉,又是离别。

初三的曾经被微风轻轻送进回忆,我又不由自主地开始怀念那些被我抛弃了的时光,惨淡得可怜。

我觉得我是一个幸运的人。

初三那年,禽流感肆虐了整个世界。貌似是二月份的时候,学校开始有人发烧,请假回家休息去了。紧接着,就是第二个以发烧为由请假的,然后第三个,第四个……到了近四月的时候,年级里已经有差不多1/4的人回家了。学校里人心惶惶,总让人觉得下一个回家的就是自己。最严重的时候，我们班对面的那个班已经整个班回家了。班里空荡荡的，空得让人觉得寂寥。四月中旬的时候，整个初三年级的人似乎只剩下一半了。不学习的人拿着发烧的借口回家玩了，想学的人无奈自己真的病了，只好回家。于是就这样，我们艰难地挺过了一个星期，然后兄弟姐妹们就陆续都回归了。我们班理所当然地成了传奇，因为我们满员。经历过禽流感之后，我们班变得更团结了，毕竟大家在一起共同承担过。其实我们心里都清楚，不管最后中考是否能考好，起码在这次巨大的考验中，我们坚守了一些东西。具体是一些什么东西，我也不知道。

我想，人生最痛快的事不是打比赛，不是出去旅游，而是可以在某个安静的时光，和兄弟姐妹们一起去学校旁边的便利店买上好几瓶啤酒，然后几个人把酒都藏进校服里，神神秘秘地躲过学校门口的教导处主任，最后几个人聚在教学楼的楼道里举着酒瓶狂笑自己命好，躲过了主任的检查。

这样的时光总是很短。一边听着学校广播里播着许嵩的歌，几个人一边对瓶吹，事后再把买好的口香糖放进嘴里，一切就似乎大功告成，令人铭心。

初三第一次喝酒，就是被冉冉逼的。那天正好心情不好，冉冉怎么安慰我都没用，于是冉冉和我说："走，喝酒去。"我不去，她就自己去买，买回来之后塞给我一瓶，说:"你自己看着办。"然后她就把她的那瓶酒打开,几口喝完了。我目瞪口呆地看着她喝完后用挑衅的眼光看着我,嘴角带笑。然后……就没有然后了。我喝了,赌气似的,终结了我的好学生时代。以后我每次心情不好就会拉着冉冉跑去买酒,然后纠集上几个人,在楼道里喝。好景不长,在一次喝酒时,我被恰巧走过的化学老师看见了,而恰巧,她只看见了我拿着酒瓶。老师走过我身边时,只是淡淡含着笑,拍了拍我的肩膀,说:"哟,喝酒呢。"然后就走了。留下手足无措的我,还有身边狂笑的朋友。

  回忆总是美好,时光总是那么容易错过,在我还未来得及回神抓住什么,就飞奔似的和我擦肩而过了。我留不住,哭喊不回,所以我放弃了,所以我失去了。

  心里浅浅的疼,蔓延全身。

毕业旧时伤

昨日所有的一切似乎都被牵扯走,留下一个空旷的我和空白的回忆轮廓。我安静地从考场走出来,任凭阳光倾泻在我的身上;不躲不藏。透过树叶投射下来的光束扎眼而明亮,生生地把我穿透了似的,明目张胆地嚣张。

我曾经无数次地幻想过毕业时的场景。

第一种：班级里几个人几个人扎堆在一起，抱头痛哭，以表依依不舍之情。然后在大哭之后，眼泪再也无法流出，几个人相约着定下那么几句旷古誓言，最后相互搀扶着走出学校，大路朝天各走一边。

第二种：处的好的几个朋友在考完试的第一时间就相约着去吃散伙饭。大家在饭桌前高举酒杯，唱着心中不老的歌，说着心里觉得永远不会变的誓言，立下各种闯荡世界的豪言壮语，不考虑梦想是否会烟消云散。然后等吃完饭，几个人再去KTV唱歌，把心里的不舍、难过、解脱……通过唱歌表达出来。待吼到声嘶力竭，才肯罢休，最后各回各家。

第三种：被"镇压"的学生们终于在考试后得到身体乃至心灵上的解放。于是我们相约着，结伴于学校的顶楼，然后把卷子、练习册什么的都撕了，从楼顶上抛洒下去。嗯，想一想都觉得激动人心，仿佛是对自己的一种救赎。我管它叫精神赞歌。

可是，幻想总是与现实有着巨大的落差的。我们的毕业，简单而又平静。

从英语考试结束铃响的那一刻，中考彻底与我背离。昨日所有的一切似乎都被牵扯走，留下一个空旷的我和空白的回忆轮廓。我安静地从考场走出来，任凭阳光倾泻在我的身上，不躲不藏。透过树叶投射下来的光束扎眼而明亮，生生地把我穿透了似的，明目张胆地嚣张。于是我就那样顶着阳光走。考生们从考场里鱼贯而出，再从我身边擦肩而过，谁都不认识谁，而我们却有着相似的命运。快走出校门口的时候，我的老师就站在那里，冲我笑了笑，没有说话。我也和老师笑了笑，招了招手，转身继而踩着脚下的路，离开了。

转身离开的时候不知道为什么就突然有点小难过。看着老师刚才和煦的微笑，心里暖暖的，却也空空的。就这样，所有的一切，都要结束了。我的初中时代，连同我的恩师，一起泯灭在我的脑海，仿佛是一个淘金者为了生存只能在戈壁抛下自己用命换来的金子，只是为了救自己的命。哈，说起来有点戏剧性。我们就这样茫然地奔跑在追逐梦想的道路上，一路前行。途中我们克服困难，历经千辛万苦终于抵达导师口中的成功彼岸时，却艰难地发现，原来抵达成功所需要我们抛弃的，不仅仅是懦弱、不勇敢，更多的是身边的良师益友。于是我们残忍地懂得了一些生存的道理，于是我们离幻想中的现实越来越有距离。

我觉得我不是一个很容易伤感的孩子，但周围的人总是对我说着同样的话：你可不可以不悲伤？于是我开始变得越来越沉默，变得不再去回应她们的心疼，真正的不理不睬了。我觉得我挺乐观的，对于什么事都可以用另一种好的心态去面对，去解决。可是，我的这种行为在她们看来却是一种伪装，对此我常常笑而不语。嗯，又是沉默。其实我没有悲伤，我只是站在一个叙述者的角度，讲述我眼里的世界。可不可以说，是这个世界太脏，让所有人都觉得，可以言悲伤？

我喜欢想东西，无论任何。不知道为什么，"离别"这个词成了我初三那年最常思考的东西。或许是将要面临离别了吧，又或许是我变得多愁善感了，反正结局都是一样的，何必再费脑细胞去想原因。我只是想去想，就这么简单。

此刻，我感觉我就像一个看台下的导演。我看着台上人来人往，演着自己精心设计的情景，把悲伤什么的一点一点刻画在心里，反复温习。有太多的人参与了我的生命，而又有太多的人抛弃了我们在一起的曾经，决绝而又冷漠，仿佛不带一丝感情。过客那么多，伤痛叠几何？于是我渐渐麻木，呆滞地看着身边的人进出我的世界，安静而沉默。我看见我曾经欣赏的朋友渐次穿过我似乎透明的身体，渐渐远离，我伸出手，却只能从她们的虚影上抓住空气。什么是离别？我想这就是离别吧，拒绝挽留，无能为力。

突然想起半年前上映的《那些年，我们一起追过的女孩》，看着电影里面青春的他们一起为未来努力，在海滩勾勒梦的纯真，心里暖暖的，仿佛有什么流过，温暖了整个心房。就那么自然地想到了自己，想到了自己身边的人，走的、留的。或许我们谁都知道，未来不一定会陪对方走到最后，却坚强地、执着地走在自己的梦想道路上，不退缩，不软弱。不想离别，不奏离歌。

毕业离开前的那几天，学校已经停了我们的晚自习。不想给我们太多压力，不想我们有太多的不舍。于是重获一点自由的我们几个好朋友，就那么懒散地慢慢走在300米一圈的操场上，一圈又一圈地走，任凭夕阳将我们的身影拉长，温暖而忧伤。

在中考完的几天后，我们一群人相约去了KTV，似乎和曾经幻想中的一样，却少了往日的温馨。我们都嘶吼到沙哑，可是谁也没有哭。从最初的开始，到最后的结束，我们一行人都是笑着，相互安慰，相互调侃，眼神里却总也掩饰不住不舍和哀伤。最后我们没有回家，我和落落头顶着头在天桥底下，细数这三年的曾经。所有的回忆就像是电影回放，一幕接着一幕，侵袭我的脑海。我们的青春就在这样的喧闹和安静、开心和沮丧、希望与失望中逐渐落幕。

我独自一个人行走在这个熟悉却又陌生的城市。我属于它，可是它却不属于我。我就那样平静地穿梭过名品商店、小吃店、服装店林立的街道，看与我擦肩而过的人，看着他们快乐，心里淡淡的满足。

落落后来去了另一个城市，一个我一无所知的城市。她说，陌生的地方反而会让一个人变得愈加坚强、果敢。于是，她走了，就这样离开了我，和其他人一样，与我擦肩而过。

那些孤独、寂寞、伤痕、死亡、别离、思念、等待，稍纵即逝的温情和绵延永恒的绝望，就这样随着时间慢慢定格在我的眼眸，凝结成深色琥珀。

伤了。

殇了。

樱落满地殇

也许就是因为平时我们对生活寄予的希望太大了，所以它才会让我们如此失望，冰冷得像是谁拿着一盆凉水一股脑浇在本来就奄奄一息的我们的身上，高傲的姿态让我们认清现实与幻想之间的差距。

仰光（二）

　　似乎每当我抬头看着身边树叶变黄的时候我才能感到时间的流逝。所有的一切都像是幻灯片回放，几秒钟闪现一个记忆片段，然后就又跳到下一个画面了。

　　21号晚上，我从东北坐动车回到太原，早上6:30到站。下车的那一刻，我站在车厢门口看着站台上人来人往，有些怅然若失的感觉。太原，这个我生活了18年的城市，我就要离开她了。

　　没有了以往对省外大学生活的向往，更多的是一种不知名的惆怅。或许我曾经埋怨过她，或许我曾经想不顾一切地逃离她，可是在那一瞬间，我却不想了。

　　坐在车里看着从身边倒退的那些我最为熟悉的道路，心里有点不是滋味。我的高中就坐落在火车站的旁边，我的老师现在应该正在教室里教新的同学。三年，就这样不知不觉地从我身边溜走。所有的喜怒哀乐，都在同学聚会的最后一次举杯中圆满地画上了句号。

　　同学说："保重，以后见。"

　　从来没有那样难受过，三年来好不容易维持的一种感情寄托就这样散了，可是谁都是笑着。我们最后为对方整理着装，我们最后一次紧紧拥抱，然后从此天各一方。

火车最后还是驶离了火车站，在临走前，我抱着遗憾与我的母校擦肩而过。

然而，这才仅仅是个开始……

走在繁华的迎泽大街上，看着街边熟悉的广告牌、写字楼、餐饮店，我的眼睛有些湿润。接着我看见了十五中的学生们穿着红色的校服，陆陆续续地向学校走，步伐轻快，神色淡然。就那么一瞬间，我想打开车门跳下去，和她们同行。我想在离开这个城市前，最后再看看我的初中，那个在我记忆里以最柔软位置的存在。

我好像丢了什么。

我再也不能和要好的朋友一起骑着单车一路高歌回家；我再也不能和几个意见统一的同学一起不交作业，和老师作对；我再也不能和所有同学统一着装，蛮不情愿地进出校门了……再也不能了。

突然就很想念我的同学、我的学校，以及我走过的每一条路。从6岁上小学到最后的18岁高中毕业，12年就这么过去了，再也回不来了。

飞机起飞的那一刻，我怀着忐忑不安的心随着飞机飞上了天空，然后与我待了18年的城市正式告别。

太阳耀眼的光芒刺痛我身体里的每一个细胞，我在高空中接受着来自"背叛"的无情审判。所有的一切都被金色包围着,亮得接近空白。就在我双目接近失明的一刹那,我似乎看见了你与我挥手,你与我说:"保重,我的孩子。"于是我流泪了,不知道是被扎眼的阳光刺痛的,还是我舍不得你——

太原。

所有的一切都在离别中幡然醒悟,原来真正的离别是这么的决绝与无奈。现实逼着我们去面对我们不想面对的东西的时候多么冷酷啊,而我却只能匍匐在他的脚下,说着与心里想法截然不同的答案:遵命,陛下……

于是,我离开了。

理所应当的,我想念了。

时间像是一个巨大的洪流,不断地冲刷着我记忆里的所有色彩。于是所有的一切都好像被素描出来的一般。

黑,白。

有些东西使我不得不放弃,似乎是越长大越孤单,所有的信任在时间的死缠烂打下变得不堪一击,我们开始怀疑所有的感情。

"你爱我吗?"

"不爱吧。"

"你在乎我吗?"

"我为什么感觉不到呢?"

"你的行动在哪里?证明给我看。"

越来越多的问题开始产生在我们的脑海。

"你为什么就不信我呢?"

"既然不信,那么我如你所愿,离开。"

于是身边的一些人忍受不了我们的神经质,走了。似乎是在变相地印证我们的猜测,不负责任地走了。

"呵呵,还是走了的。嗯,那么,走吧。"

我不知道为什么我们会这样,时间似乎越来越没有安全感。所有的东西似乎都被贴上了保质期,半个月、一年、两年……我们的世界中心似乎都在围绕一个话题在转。

走进来,加入。

走出去,离开。

我想,可能是因为太在乎了吧。因为太在乎,所以害怕失去自己所拥有的一切,于是急不可耐地想知道对方是否真的不会离开。青春期的我们似乎都天生有一份无法弥补的自卑,于是我们开始猜疑,我们在反复的询问中丢了彼此。

我记得,阿翎曾经和我说:"这个世界没有什么过不去,我们应该认清现实。习惯,习惯了就好。"我当时只是笑笑,似乎是又反驳了她几句吧,但最后还是不想再和她讨论下去。面对这个词似乎太沉重了,压得我有些喘不过气来。太多的人承担着我们这个年龄不该承担的事,肩负着远大于我们现在应该肩负的责任,于是,我们都成了青春里的病孩子,患得患失,冷漠无情。

最近阿翎有些忙吧，我都没怎么见到她。或许我应该知道，每个人都有每个人自己的生活。我能做的，仅仅是在她的生命里扮演自己所饰演的那个角色，不越俎代庖，不过多奢望。也许就是因为平时我们对生活寄予的希望太大了，所以它才会让我们如此失望。冰冷得像是谁拿着一盆凉水一股脑浇在本来就奄奄一息的我们的身上，高傲的姿态让我们认清现实与幻想之间的差距。

一个人的时候，我总是在心里不断地划分身边的人。谁属于我，谁不属于我。

我想，似乎没有谁是真正属于谁的。所有的东西在时间面前都变得缥缈虚幻，真的假的，无法辨别。

于是我不断地在放弃和重拾中反复迷路。

阿翎说："你是一个任性的小孩，你是一个没有安全感的小孩，你是一个简单却又复杂的小孩。"

我想了想，点头没有说话，算是默认了吧。

好久以前，一个女孩坚定地和我说："亲爱的，我想守护你，不论你怎么赶我，我都不会走。我要黏着你。"

前天，她走了。

场景好像又回到了几年前的那片樱花林。花瓣纷纷扬扬地落了下来，落了我一身。

满地堆积成殇。

我看见落在小道上的花瓣被来往的路人碾压成泥。

那种无能为力的疼。

平行交叉，天各一端

时间不负责任地将一切都带走，我想记住的，不想记住的。年华溶解在时间长河里，把多少人溺死了呢？我努力地对抗着时间洪流的冲击，拼命地想要找回那些溶解了的我还想拾起的曾经，然后呢？水从我的指缝中流走，剩下的几滴也被高挂的烈阳蒸发干了。我盯着空空如也的手掌，不知所措。

我总是可以每时每刻并且随时随地地怀念以前出现在我生命中现在却已经不在的人们以及发生在我们之间的故事。过程似乎都是一样的，我们在不断地成长，不断地丢失彼此，不断地埋怨岁月的魔力然后就此认输。结局各有各的惨烈，下场不明。

小学的时候，我们相互说着天长地久，友谊嘛，孩子都天真地认为是不变的。

初中的时候，我交了新的朋友，小学的朋友很少联系。似乎初一每逢节日的时候还会骑着单车去要好朋友的学校给他们送自己的礼物，然后这种行为到初二时就不知不觉地断了。等我们都到初三的时候，我甚至连一些小学同学的名字都叫不上来了。友谊嘛，小学老师说，你们上了初中就会懂。

高中的时候，哭着与曾经交好的朋友分离，被迫去一个陌生的学校，熟悉陌生的环境，接触陌生的人。初中老师说，高中没有纯洁的友谊，每个人都在相互利用，谁能给你带来好处，帮助你的学习有所进步就和谁去搞好关系。于是，友谊嘛，在我告别初中时代的时候，就开始变得守旧。

我开始无休止地怀念以前初中的生活，我开始无休止地怀念我曾经的朋友，我开始无休止地怀念初中学校的校园、校服。初中所有的一切，在中考结束后变得那么让人热爱。可是，现在我却只能在校门口驻足了。学校门口的保安换了一批新人，他们不认识我，怎么会知道我曾经在这个学校有轰轰烈烈的青春呢。

现在，我上大学了。18年来的生活像收不住的潮不断翻涌向我。

其实，小学时候的我们，只是还没有面临过分离；其实，初中时候的我们，只是还没有经历更大的磨炼与考验；其实，高中时候的我们，只是还没懂原来只要五六十个人在教室里为了同一个目标一起努力就可以很幸福。

高中的友谊没有初中老师嘴里说的那么可怕，相反的，很温馨。似乎是大家都长大了吧，知道该如何较好地处理同学之间的关系，知道了友情的重要性。岁月带给我们的不仅仅是年龄上的成长，还有情商的提高。在这个成长的过程里，我们渐渐学会什么是爱，怎么去爱……

几个关系不错的朋友可以因为一道数学题而争论得面红耳赤，几个关系不错的朋友可以因为圈子里的谁谁谁最近生活紧迫而带他蹭饭，最令人感动的是下雨天几个关系不错的朋友可以因为"朋友"两个字，把原本给对象准备的伞撑开递给其他兄弟。

仰光（二）

什么是朋友？很简单，就是那个我一提起来你会很想念的人。那个在我们失意时什么都不说，拍拍你的肩膀，摇摇头，却站着不走的人。朋友就是我陪你哭，我陪你笑，上天入地我陪你闯的人。至少，我这么认为。

前几天在空间看见高中的朋友传了几张图片，每张图片几乎都巧妙地记录着我高中的生活、我的班级、我的老师、我携手的兄弟姐妹。看见她们甜美的笑，每个人的脸上都带着最天真最美好的希望，心里暖暖的，酸酸的。

时间不负责任地将一切都带走。我想记住的，不想记住的年华溶解在时间长河里，把多少人溺死了呢？我努力地对抗着时间洪流的冲击，拼命地想要找回那些溶解了的我还想拾起的曾经，然后呢？水从我的指缝中流走，剩下的几滴也被高挂的烈阳蒸发干了。我盯着空空如也的手掌，不知所措。

有时候想想，其实天真无邪地活着，也不错，没有记忆，没有灵魂。情商低到连听到冷笑话都可以捧腹大笑，然后就这样嘴角挂笑，直到消亡。

我记得，小时候的我很喜欢做梦。梦里梦见不同的人、不同的事、不同的景，然后第二天清晨醒来就可以拉上朋友不停地分享。不知道为什么，上了高中以后，我变得很少做梦或者说几乎不再做梦。每天强迫式的日子压迫得人喘不过气。我迷茫地看着同学每天在我身边忙来忙去，然后自己安逸得想死。似乎做梦成了忙碌者的权利，碌碌无为的人不配拥有。英语老师说："做梦，不管好与坏，都是梦。我们说，梦，都是远大的。一个连生活都乱七八糟的人，怎么配有梦想？"

于是我猛然惊醒，原来这个世界上还有个词叫作"没资格"。

不知道为什么，在听到"没资格"的时候，心会在某一瞬间下意识地抽疼。或许是我没资格的事太多了吧，我记得我曾经一遍又一遍地告诉自己，我能管好的，只有我自己。

说起来有点讽刺，不乏可笑的因素存在。或许是我们天生同情心过于泛滥，所以对于弱势群体总是会产生一种想要保护的心态。我这里的弱势群体不是指那些所谓的老弱病残，而是那些感情受伤，看似悲伤、孤独，想被别人保护的人。于是我们给了他们很多承诺，那些我们想做到的承诺。当然，我不否认，所有的人在最开始的时候都是出于善心，或者说，不考虑自己该怎么做，能不能做到，只是出于一时的，想要保护的心，在那么应景的某个时候，说出了一个自己都不知道能不能完成的梦。

总有一天，时间会老去，那么我们儿时许下的梦，会在哪儿呢？

总有一天，你会因为另一个比我还需要保护的人而离开我，那么我该去哪里找寻你呢？

总有一天，你会意识到曾经原来真的那么可笑，只是因为冲动，所以成了束缚别人的枷锁。那么，我该如何挣脱呢？

总有一天，你是会离开我的。那么，当初何必留呢？

……

我恨吗？

恨。

我爱吗？

却也爱的啊。

可是我不再相信了。

……

我挣扎在两个矛盾的梦中，无法醒来。

我驻足在两个相反的路口，无法前行。

时间白了又黑，黑了又白，我停在黑白的交界处，无法抉择。

记忆把空白缝在我身上的每一处缺口，我皱着眉紧握拳，浅笑着说——不疼。

谁又记得谁旧时模样

一帆风顺的生活似乎总是一种自我勉励的过程。安逸总是可以让人放下心理的戒备，不做防范地去迎接以后的生活，像是花开的全过程一样，生活以一种全然打开的姿态为我们展现一个生命从最开始的不设防，到后来的无懈可击，再到最后死前的无能为力。

仰光

我不知道该怎样定义我的生活，一种似乎已经成为一种模式的忙里偷闲的生活。不是没有目的，却也无法从每天的生活中知道自己得到了什么，但我知道自己失去了那无法挽回的时间，这是真的。

日历一页一页地在我手中被无情地撕下，我似乎感觉我在时间的洪流中逐渐冷漠，对身边的事物开始变得漠不关心，提不起兴趣。于是时间就这样一点一滴地偷偷溜走，抛弃了我。

今天是2013年11月23日，日历上的数字红得有些让人后怕。我像一个有钱人一样毫无顾忌地挥霍犹如金钱一样的时间，然后空对着挥霍完的空虚黯然神伤。

不知不觉，冬季了。

在我的印象里，北方的冬季总是干燥的，毫无生气的，白色的世界总是让我第一时间联想起葬礼。虽然偶尔我看见雪会有一点小小的激动和欢喜，但也只是偶尔。

白色总是我永远不敢触碰的一个颜色。因为我的大脑会因为白色而变得整体荒芜，那种迷失的痛让人害怕，让人想逃避，让人想远离，逃得越远越好。

还好，西南地区很少有雪，或者说很少有北方那样大面积的降雪。

日子总像是在简单地重复，高中时代那种两点一线的生活似乎又重新回来了一样。我每天奔走在上课和回宿舍的路上，以此来勉强证明着我不间断、未停息的生命力。

我还活着。

那就好。

于是我学会了消沉，学会了在一种难以言说的混沌和清醒中度过时日，如此反复。

今年夏末，我来到了这个我一无所知的城市，然后在这里开始了为期四年的求学和成长。

我不知道我当初的选择是对是错，有些东西我想是需要长时间的印证才能下结论吧。选择如此，决定亦是如此。

我尽量对比着这个陌生的城市，在自己的脑海中描绘那个曾经养育了我18年的城市——太原，可是我总是发现我描绘出来的太原模糊不清，只有一个大概的轮廓，再细就无法辨别轮廓里的景象了。于是我慌了，我在网上搜查了无数张关于太原的图片，令我惊讶的是，其中有好几张我竟然一点印象都没有。

我愕然，我慌乱，我开始怀疑自己的记忆，我开始不相信自己。

人似乎总是这样的，在面对自己没有把握的事情面前都会胆怯。没自信的人会颤抖,有自信的人心里满满的挑战欲。可是,我是一个既自信又不自信的人。

人在没有自信的时候大多没有勇气承认自己的缺点吧,而我却是一个自卑起来连自己的优点都没有勇气承认的人。我害怕那是我的优点。

属于我的优点。

有些东西被打上"属于"的标签后,反而会更加让人不安心。

一旦属于,必有失去。

而我,越来越不勇敢,越来越想逃避,越来越怕面对失去。我觉得我是一个 loser(失败者),一个名副其实的 loser。

我连我生活了 18 年的城市,都要丢了。

今天是一个难得的周末,作业挺少,让人有种时间充裕的满足和安逸。

中午的时候班里打篮球八强赛。我抱着篮球站在篮球场上,盯着近在咫尺的蓝天一个人发呆。

天很蓝,蔚蓝的纯净让人心情大好。阳光懒洋洋地撒在每一个人的身上,温暖又带着力量。风很舒服地吹着,带点冬天的味道,带点阳光的温度。于是我想起了以前的日子,想起了那些带给我温暖的人,想起了那些让人窝心的事情,心微微泛起涟漪,却也平静。

我不知道我是有多久没有这样全身心投入地去享受大

自然带给我的舒心了，安逸的生活总是带着点恋旧的味道，淡淡地围绕在我身边，等我吸收，等我回忆。

然后篮球赛就开始了，阻止了我的深陷，无情地把我拉回到了现实。

其实我爱回忆，胜过现实。

我是喜欢写一些文字的，一些表面上读起来平淡如水的文字，在你某一天某一刻某一件事后突然回想起的文字，那种在你不知不觉已经深深地渗入你的骨髓伴你成长的东西。或许是可以用厚积薄发来形容的吧，有些东西只有经过时间慢慢地洗涤才可以发光发亮的。

当我们在生命的某一刻突然发现有些自己想要拼命记住的东西是那么容易随时间流逝的时候，文字便是用来记录曾经的一个最好的方式。我一直这样认为。

我想把那些曾经参与我生命的她们用另一种永恒的方式，记录在我的世界里，任时间洗涤，任岁月磨平。

我像一个固执又任性的小孩，像任何一个行走在悬崖边缘的人一样，时刻提醒着自己要努力保持清醒，提醒着自己抛弃依赖，提醒着自己要习惯，习惯现在的生活，习惯一个人。

有时候，孤独感像是一包毒品，慢慢地侵蚀着每一个人的身心。我越想戒，越戒不掉。可是我想得到越多，却也总是不被满足。

那种上瘾的心瘾让人痛不欲生。

一帆风顺的生活似乎总是一种自我勉励的死亡过程。安逸总是可以让人放下心里的戒备，不做防范地去迎接以后的生活。那种像是花开的全过程一样，生活以一种全然打开的姿态为我们展现一个生命从最开始的不设防，到后来的无懈可击，再到最后死前的无能为力。

安逸让人空虚，从内心深处荒芜了整个世界的空洞。于是才有了孤独，那种慢慢致使身体或者是精神在某一时刻严重依赖的毒瘾。

于是我觉得我像一个中毒的人，程度深到已经深入骨髓，可以诱引别人一起中毒的地步。

似乎靠近我的人都会受到大大小小的影响，那种丢下了乐天派观念的小小悲伤在心底慢慢发芽、长大，然后开始控制人的整个情绪起伏。

爱我的人，是真的爱我还是爱我带给他们的那种要命的窒息感，这一点我不得而知。

慢慢地，回忆总是给人一种在快速老去的感觉。

时间在不知不觉中把我们最初的模样都定格在了昨天。那些关于往事的记忆一点一点地显露出来，然后肆无忌惮地，甚至是欢呼雀跃地霸占了我的脑海——

模糊而又清晰。

林夕又出现了，她伏在我的耳边，问我是否安好。

她说："亲爱的，愿你安好，一切如常。"

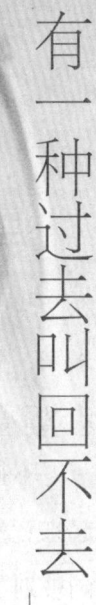

有一种过去叫回不去

真的,有些时候,回忆真的很温馨,温馨得甚至让人心疼。那些我无比怀念的日子终于回不去了——我们的曾经,我们过往的点点滴滴。

仰光（二）

浮想的回忆总是让人欣喜又绝望的。

我看着身边一年又一年不停更换的朋友，想着我们的未来，分析每个人的过去，然后时间就在我的稍不留神中走过了。我在想我的生活，我未来的生活，我曾经的生活。

不得不说，高中时代的那种令人绝望的枯燥生活回想起来竟然是那么美好，美好得让我忧伤，仿佛一幅绝美的画被划了一道，所有的美丽全部付之一炬的感觉。

我好怀念，我好留恋。

有时候我会庸人自扰地想，如果当初高一最后一年期末考试完的分班选择，我没有选择我爱的文科，我会不会像小四那样，在面对理科时，绝望得想死。不过不同的是，他的文理科都很好，而我的理科几乎惨不忍睹。但这并不是我选择文科放弃理科的理由。

我爱语文，我爱政治，就是这么简单。

我想我是一个宁愿死在书里也不想参与这个世界纷争的怪人。

不过这个世界上谁不怪呢？有一项调查表明，怪人其实才是最聪明的人。比如爱因斯坦，比如哥白尼。

所以我释然了。就让我当一个怪人好了，我是多么热爱自己。

我记得在我高一的时候，我的数学老师很漂亮，是真的很漂亮，让人觉得特别亲切。可是慢慢地我才知道，我的数学老师很严厉。值得一提的是，数学老师就是我们的班主任。

高一最后一个学期期末考试结束后，在一个明媚的下午，我提交了我的分科单子。

文科。

意料之中的。

我一直都还记得，那天晚上我回到家，有点心虚地和妈妈说："妈妈，今天填报分科志愿表，老师让回来和家长商量后确认签字。"

然后妈妈和我说："文科啊，这不是很清楚的么？还有什么好商量的，你自己决定了就可以了。"

于是，我就如此顺利地选择了文科，选择了自己人生的第二个转折点。

我一直在想，如果当初我的妈妈让我选择了理科，学着我不懂的数理化，不情愿地背着化学公式，那么现在的我，会是一个什么样子？会不会忧伤到死，或者愤怒致死，却依旧对当初的选择沉默。

人生似乎有太多太多的不甘心。来自父母的也好，来自自己的也好，但是我们都默契地选择了对当初的选择保持沉默。不知道是不勇敢，还是不坚强。

高一下学期末，我庆幸，却心有余悸。

有时候我会看着教室里的桌子想起那些个我和我的同学们共同奋战高考的日子。我想我再也不会有这样的经历，同和我一样怀揣着梦想的同学并肩奋战，我们有着同样的期望，同样的梦想；我们坐在同一间教室，我们曾经那么狂妄地嘲笑我们的校园；我们怀念共同走过的时光。

我还记得我的文科班主任在我们高考前的最后一次主题班会上的讲话，我感动着，且感激着。

她说："请好好珍惜你们剩下的高三时光。因为没有人会像今天一样，和你有同样的梦想，和你并肩成长；请记住你现在身边的那个同桌。因为没有人再会像他一样同你一起奋斗，一起流泪，一起骄傲。"

然后很煽情也很搞笑的场景就出现了。我们和身边的同桌深深相拥，相互握手，相互道谢，相互加油。

真的，有些时候，回忆真的很温馨，温馨得甚至让人心疼。那些我无比怀念的日子终于回不去了，我们的曾经，我们过往的点点滴滴。

高二那年的夏天是我过的最为炎热的一个夏天。

假期过后就是高三，那个所谓的最后一年，最后的冲刺。

家长急，老师急，我们也跟着急。时间在一眨眼中就过去了两年，高中的生活不知不觉已经被我浪费了大半。

夏天的蝉鸣开始变得让人心烦，篮球场上只有空旷的场地反射着艳阳的光，教室里除了安静就是安静。仔细听，只有笔尖滑过纸页的沙沙声。

我的世界寂静得撩人。

高三的时候，高中所有的课程几乎都已经结束。真正像是大人们嘴里说的那样，高中三年里其实只学两年，最后一年就是复习。

然后在高三上半学期的某一天里，高三的老师们集体开了一个会。之后，我们的老师变得特别的默契，统一在一个星期里，开始给我们发一个叫作"学案"的东西。

他们说，这是复习的必要。

我不知道别人看见数学题是一种怎样的心态。我只知道我想死，真的想死。我看着眼前几乎能让人眼花的一堆堆数据，大脑像机器一样莫名其妙地死机了。我真的不会，真的不会，为什么要让我学啊，为什么要让我考试啊，为什么要把数学放进高考啊……我像一个在问十万个为什么的人一样，不断地抵触数学，不停地放弃自己的未来。

在一次数学小考中，我在极度愤怒的情况下直接把发下来的学案撕成了碎片，连分数都没有看一眼。不过看不看，都是那样，不及格，永远的不及格。我知道。

我烦躁，我愤怒，我不知道我怎么了。我只是想发泄，只是想抵抗。我仇恨数学,这是个不争的事实。

回忆总是那么可爱。在记忆中把自己原来愤怒过、委屈过、讨厌过的东西都美化了。想着当时撕学案的自己,真心觉得当时的自己好幼稚。

其实有时候我也在想,如果我有那种玩世不恭的态度,我现在又会是个什么样子?是不是看见数学学案会不屑地扔到一边,不伤神、不费力地拒绝数学对我生活的影响?

那么,现在的我会不会又变一个样。

高三那年,我浮躁,却又在学谁谁谁一样,心旷神怡。

有一种回忆叫深忆

我的身前是万丈深渊,我的身后有敌军千万。

我鼓起勇气,选择纵身向前,我万念俱灰慢慢坠入深渊。

我开始变得一无所有。

我开始变得一无所失。

——跪送给时光的笺

仰光（三）

高三永远都是令人感伤却又想念的。

似乎每一个人都不喜欢离别。那种心里空空的感觉真心不是滋味。

也许吧，每一个东西都有自己的一种永恒方式。

能隽永，便深忆。

没事干的时候，我都在想我到底是一个什么样的人。有人说我安静，有人说我阳光，有人说我小忧郁。

我想，我沉寂。

我待在自己给自己制造的一个假想空间里，自由地，甚至是放纵地干任何我想要干的事，做任何我做不到的事。那种感觉真的很好，那种唯我独尊的感觉，那种超级完美的感觉，那种无上的优越感。然后我回归现实，承受现实的落差：我并不是什么事都能做好，我并不是什么都能做到，我并没有自己想象中的那么优秀，其实我并不完美。

当然，或许有人会站出来说，没有人是完美的，我欣然接受。

我让自己的心脏在这种幻想与现实的落差中反复承受，直到有一天，我欣喜地发现，我的内心开始强大，我的喜怒哀乐可以完全地隐于言表，我麻木了。

我不知道这是好是坏。但到现在为止，我看见的，是好。

我想，高中或许本身就是一堂很高深很值得去听的课，我因为它而成长，我因为它而长大。

人总是需要抛弃些什么的。抛弃掉一些自己舍不得丢掉的东西，直到疼痛难忍，直到撕心裂肺。于是我们发现，我们长大了，我们变得可以去承受那些我们曾经深以为然的不可能，我们变得残忍。

我不知道失去记忆对于某些人来说意味着什么，但这对于我来说似乎意味着我将痛到死去活来。我无法想象我失去记忆后的模样或者是状况，我想那一定极为糟糕。当一个人想要想起一些曾经对自己很重要，而现在自己仍在乎的东西却怎么也想不起来的那种痛苦，并不是每个人都经历过，并不是每个人都承受得起那样的折磨。那种残缺的空白总会令我陷入莫名的恐惧，久挥不散。

"成功的道路总是充满着无数的鲜血。"

我忘了这句话曾经是在哪里看到过，但是这句话当时带给我的震撼却一直停留在我的脑海。我想我是一个软弱的人，我是一个不勇敢的人，一个无法残忍地让自己可以不顾后果地伤害别人的人。我做不到踏着别人的尸首走向王位，正如我做不到割舍掉曾经一样。

曾经多美丽，而现实还是一如既往地步步惊心。

我还没有需要小心到步步为营的份儿上,但是身边的所有东西却让我感觉不到一丝一毫的安全感。我怕哪年哪月、某时某刻,我就忘了一些我曾经想要拼命记住的东西,于是我无时无刻不在回忆,无时无刻不在提醒自己,别忘记。

是啊,别忘记。

在某个焦虑的午后,我看着四周耀眼的阳光和不停穿梭过往的人群,惊恐万分。于是我开始奔跑,身体下意识地想要逃离,可是我发现,无论我跑到哪里,阳光总在,人群永现。然后一个在路边玩牌的出租车司机叫住了无力奔跑的我。

他问我:"你要去哪里?孩子。"

我说:"我不知道。我想去一个好地方。"

他看了看我,转过头冲他的伙伴说:"老吴,这孩子说她想去一个好地方。"

接着,他的伙伴哈哈大笑着说:"叫这孩子赶快离开我们这里……"

于是我就坐上了这个出租车司机的车,坐在车的后座,任由他开往哪里。

在路上,我看见了汹涌的人群。我们穿过一条条繁华的大街,我看见每一个经过的人都在奔波,他们偶尔嬉戏,他们时不时安静。我看见他们迷茫的眼神,我看见他们不带一丝表情的脸,我看见他们离我远去。我们素不相识。

然后我让司机在一个路口停住了车。付钱下车的时候，我看见我的身边空无一人。

我号啕大哭，到最后我声嘶力竭。

我依旧是一个人。

我还是喜欢回忆，我还是喜欢伤害自己，以一种精神创伤的模式，反复地折磨自己。

高考前学生们是要回家复习的。而回家前的那一周，我相信我会永远记得。

那时候，我们把离别当作欢乐，送给了每一个伴我们走过最后一年的任课老师。我们面带笑容，却泪眼婆娑。

周一的晚自习是地理，周二的晚自习是语文，周三的晚自习是数学，周四的晚自习是政治，周五的晚自习是英语，周六的晚自习是历史。这是我们高考前的最后一周课，这是我们高考前每科的最后一次晚自习。

似乎什么东西在加上"最后"之后都会让人觉得尤为珍贵。没有人想要最后一次，而所有人却被迫接受成长。

我记得，我们在每科晚自习上课之前，都会由班长把改编后的歌词写在黑板的最右边。之后我们会把投影仪打开，让巨大的投影仪遮住黑板上的字。老师进教室的时候我们会让老师闭上眼，然后我们就开始合唱写给老师的歌。老师哭了，我们跟着哭。有些东西不是不舍得，而是不想舍。星期六，和往常一样给历史老师准备了惊喜之后，历史老师却久久没有进教室。老师在门口说:"我都听说了,你们那些小伎俩别对我使啊。我可不想像你们班主任一样哭鼻子……"然后老师就哭了,转过身,背对着我们,让人心疼。不知道是谁起了个头,我们就跟着唱送给老师的歌,边唱边哭。这是我们高考前的最后一堂历史晚自习兼最后一堂课。

终是要分开。

那些个陪伴了我们日日夜夜的他们,终于还是要在最后和我们说"再见"。我心有不甘,我心有不愿,我却无力回天。我还想再回到三年前,那个初次见到他们的时候。他们在新生欢迎大会上依次演讲,他们在新生迎新晚会上尽情歌唱。

他们和我们说:"同学们好。"

我们和他们说:"老师好。"

我好想回到那个充满温馨与欢乐的课堂,我想听老师说"同学们,请翻开书第 XX 页",我想看老师潇洒娟秀的板书,我想和老师们一起再过一次元旦,我想像高考进考场前再抱老师一次,我想对老师说,我爱你们。

我好想他们。

时光在变老,我们在成长。岁月在不知不觉中就把我们逼向了一个又一个断崖要我们抉择。

我的身前是万丈深渊,我的身后有敌军千万。

我鼓起勇气选择纵身向前,我万念俱灰慢慢坠入深渊。

我开始变得一无所有。

我开始变得一无所失。

——跪送给时光的笺。

你说懵懂我未懂

我又梦见了我的恩师,我看见她们问我招手,我记得我和她们深拥。然后我就看见她们开始离我而去,越来越远,越来越远……我追逐,我呐喊,我彷徨,我无助。

我像一个迷失在迷宫里的小孩,依旧在无边的黑暗中寻找未来。

那种懵懂的痛。

我喜欢把回忆揉搓进我的身体里,然后让胸口左边的疼痛代替我精神上的一次又一次折磨,最后死在生理和心理的相互厮杀中。

这就是我,对自己既温柔又残忍的人。

我喜欢把我的喜怒哀乐讲给别人听,然后自己一次又一次地欢乐或者难过,最后一个人承受那种狂欢后的空虚。

这就是我,一个愿意分享却又极度封闭的人。

我喜欢微笑着和别人说话,从别人的只言片语中捕捉到笑点逗别人开心,然后自己跟着自己的幽默开心地笑,最后一个人在夜里沉默。

这就是我,一个白天阳光黑夜沉寂的人。

我说我是一个特别容易满足的人,你信吗?

高中的时候,我喜欢上了黑暗,那种可以带给我满满的安全感的颜色。有时候,周日晚上回学校,宿舍就只有我一个人。于是我就在空荡荡的宿舍里一个人待着,一点都不害怕。晚上8点的时候,我会关上灯,然后脱了鞋抱坐在床上,看着一丝丝光亮的窗外,思绪翻飞。

我想我最佩服的一位中国古代作家就是曹雪芹,我从未遇到过可以在一本书里写出如此多优美诗句的人。品读着《红楼梦》的感觉就像是在认识曹雪芹一样，我看到了一个男人应有的气概和他完全可以和女人媲美的心思，细到极致。然后我就看见了略施粉黛的黛玉，看见了面如中秋之月的宝玉，看见了满地堆积的落花，看见了穿着新婚衣裳的宝钗，看见了贾府的结局，一步接着一步，不急不慢地走向消亡。

我在想我是有多久没有悲伤了，然后黛玉痴念的那句"如花美眷似水流年"就一直在我耳边环绕，然后我的眼角就湿润了，然后，没有然后了。记忆里全是变成或黑或白颜色的片段，心里全是一段接着一段的记忆，片段里全是碎了一地又一地的心。

从小到大，给我启蒙、教会我尊重，带我体验同甘共苦的人永远都是我的语文老师。我尊重的老师，我敬爱的老师，我会记一辈子的老师。

小学的时候，我遇到了我的第一位恩师。

小孩子总是不懂事并且任性的。小学时候的我很淘气，欺负弱小的女生，却也不屑于与别的男生一起。有一次临放学前我难受得要死，前面的同学转过来烦我，于是我不耐烦地吼了一句"滚"，然后整个教室就都安静了。语文老师站在讲台上和我说："你怎么可以那样和同学说话，你滚一个我看看？"我一直都记得，那是语文老师第一次那么凶地和我说话。然后在出教室的时候，我吐了好久。后来，老师把我带到办公室和我说"对不起"。我无法想象一个大人是要怎样舍下面子对一个还不懂事的孩子道歉，但是我的老师确实是这样做了。

在我三年级的时候，我的妈妈把老师请到了家里，然后我给老师做了我最喜欢的炒鸡蛋。

在我六年级即将离开小学进入初中生活的时候，我的语文老师和我们说，她想在我们最后走的时候听我们唱小虎队的《放心去飞》，然后我们全班同学就特别默契地都回家去学。我想我是永远忘不了那一天的，毕业前的最后一次春季校运会之后，我们班总分第二，不是想象中的第一，然后老师就把我们全班都留了下来，和我们讲她的以前，她以前的学生，她以前的以前。然后老师就说："你们谁会唱《放心去飞》啊，唱一个我听听。"于是全班就开始唱《放心去飞》，然后我们就和老师一起哭。

六年级的时候，最后一次教师节，是我记忆里最温暖的一个存在。那一天，我们所有人都买了蜡烛，班干部分别站在走廊里手里捧着莲花式的灯。我们用红领巾把老师的眼睛蒙住，带老师走上了讲台，接着班长就开始背诵送给老师的诗歌。随着红领巾的落下，班干部捧着灯走到老师的面前，全班齐声喊"老师教师节快乐"，然后我就看见我的语文老师兼班主任的眼泪，我听见了幸福大朵大朵开花的声音。

全世界温馨。

那时候的我们还不知道什么是离别，还不知道未来将会是那么遥远，还不知道原来成长还有一个名字叫抛弃，还不知道原来舍得那么难。

然后我就在那半知半觉的痛苦中，升入了初中，遇到了我的第二位恩师。

我初中的语文老师是一位有真性情的人。她可以不怕任何人的指指点点，在课间操的时候和我们一起做体操；她可以为了让初三的我们减轻压力，放弃自己的语文课带我们出去打雪仗；她会告诉我们要在中考这个黎明前的黑暗中坚持，站在我们身边给我们力量。我的语文老师说，你们要相信自己；我的语文老师说，你们都是好样的；我的语文老师说，人要做自己；我的语文老师说，为自己学。

记得初三的最后一个学期，我的语文老师站在我的旁边和我说："不要怪别人的嘲笑和看不起，不要怪别人的做作和讨好，你应该感谢那些让你变得强大的敌人。如果你真的足够强大，那么你应该做的是证明自己的能力，打败他，而不是记恨他。"然后我就在老师一句又一句的指导中，懵懵懂懂地告别了初中生活。

高中的时候，我遇到了我的第三位恩师。

我高中的语文老师，很温柔。她是我18年中见到的所有老师中,唯一一个以正楷板书的老师,没有连笔,不草。我很喜欢老师摸我的头,然后温柔地和我说话,眼睛注视着我,满是慈爱。那种好像母亲一样带给我的感动,我深深记着。

说实话,在高中的三年中,我很少认真地听语文课。我总是自信满满地认为我学得很好。不想听的时候我就趴在桌子上,时不时地看一眼老师,时不时地自娱自乐。这时候我的老师总会走到我的身边,轻轻抚摸我的头,却什么也不说。下课的时候,老师临出教室前问了我一句,你是不是难受。

不知道为什么,每次回想起,我都会好难过。似乎是愧疚,又似乎是感动,我带着老师的体谅直到毕业。现在,我深忆——我想起她的深情朗诵,我想起她的不紧不慢,我想起她的默默支持,我想起她的笑容。

悲伤在回忆中慢慢展开,不断延伸到我身体的每一个细胞,直到我全身痉挛,倒地不起。

我又梦见了我的恩师,我看见她们向我招手,我记得我和她们深拥。然后我就看见她们开始离我而去,越来越远,越来越远……我追逐,我呐喊,我彷徨,我无助。

我像一个迷失在迷宫里的小孩,在无边的黑暗中寻找未来。

那种懵懂的痛。

终于还是走到这一天／要奔向各自的世界／没人能取代记忆中的你和那段青春岁月／一路我们曾携手并肩／用汗和泪写下永远／拿欢笑荣耀换一句誓言／夜夜在梦里相约／放心去飞勇敢地去追／追一切我们未完成的梦／放心去飞勇敢地挥别／说好了这一次不掉眼泪

命由天定

我想我也是冷漠了的,在岁月无情的浇灌下,那冰凉的灌溉,伴随着那不管不顾的认命的摧残。

我在回头的一个瞬间瞥见时间接轨的痕迹,所有的委屈都挡不住地在时间接轨的一瞬间撞在了一起。

那些在我们一时兴起后抛弃的生命。

仰光 三

而今伊始，命途自闯。

——题记

你知道什么是命由天定吗？就是你排除个人因素，所有的一切都要靠"幸运"这两个字在未知里决定的东西。

一切完全可以和意外挂钩的东西——那是命。

我也忘了是什么时候开始讨厌那种命由天定的感觉，那种握不在自己手里的踏实，总会让人不安。

我是一个不安心就会逐渐变得焦躁的人，心里的不安就像是那种对未知的恐惧，越是没有来临，就越是惶恐到不能自已。

我记得以前有人和我说，她喜欢蹦极。她喜欢那种从高处跳下，在空中像是自由落体一样放空的感觉。她说，人嘛，总是要挑战一些自己从未挑战过的东西，并且在挑战中享受那种独一无二的另类体验，才算是真正地活过。我想，那是我根本想都不敢想的东西。要怎么去描述一下蹦极在我心里的感觉呢，我认为有两种：一种是，你想死却死不干净的那种束缚和不甘心，而另一种是你不想死但是命运却和你开了一个玩笑,它让绳索的一个螺丝松了,所以你带着满脑的空白和不甘永远地坠落了下去,再也没有起来。

怎么样都会有不甘的,对吧。

我想,蹦极和跳崖这两个词之间并没有太多的不同,不同的只是蹦极的时候每个人都有一个牵绊。享受过那种急剧下降又突然地被拉起的感觉,那种一瞬间突然涌上你心头的想死的念头,却又在一瞬间破灭。我想,总有那么一天,我会在蹦极里找到那种我想纵身悬崖、粉身碎骨的快感。一瞬间也足够永恒。

总有些事,在发生的时候,我们第一时间想到的不是恐惧。恐惧这个词太空泛了,抽象到我根本描述不出来。那种比恐惧还要让我们害怕的东西,是无助和无法面对。

有时候我不是害怕,而是怕自己在面对那些我束手无策的事时表现出来的懦弱和挫败。

无能为力这个东西,总是在我最自信的时候突然跳出来,告诉我,我并不是对所有的事都有能力。

后来我告诉自己,如果哪一天,你坠入悬崖,而我却没有拉住你的手,那么我会和你一起跳下去。我不想死,我真的不想死,但是我宁愿死,都不要无助地看你匿迹。

昨天一天我都在想,到底什么才是下意识。是不是那种你的肢体未经过大脑的思考和反馈就已经做出的行为,就叫作下意识。可是我知道，老师称那个叫作肌肉的惯性。那，到底什么是下意识？

我想你，我好想你，我看见什么都能想起你。听音乐的时候我的脑子里都是你，一个人走在黑夜里的时候我的脑子里都是你，睡梦中我想我梦到了你，你在我耳边呓语。然后我知道了，这些就是下意识，那些对你拉扯不完的思念和愁绪。

时间真是个好东西，我不止一次地想要夸赞它。那些在时间拉长放下的东西，那些在时间里沉落掩埋的东西，那些在时间里丢都不知道丢在哪里的东西，那些我偶尔回想起却再也捡不起的感情。昨天和一个很要好的朋友聊天，现在的她在英国，和我隔了半天的经纬。凌晨1点多的时候我正想睡觉，突然看见她的QQ留言。她说，老大我想你。习惯性地，我问她有多想我，她说，想得怕一开口一切就碎了。突然就很难受，心里那个不曾融化的东西就这样慢慢消融。其实我很想问我何德何能，但是我知道我得到的答案一定是坚定的。后来她让我给她发我最近的照片，看到照片的第一眼，她说我瘦了。

我慢慢闭上眼睛，找不到时间到底停在哪里。我想我现在愿意和它和解了，哪怕我曾经再怎么埋怨过，再怎么憎恨过。那些我执着在心不肯宽恕的过去，那些我深埋心底不愿面对的过去，那些我再怎么疼都哭喊不回的过去，我现在愿意放下了。

是谁说,每一个拥有回忆的地方都值得人热泪盈眶。

不是说有时候,而是总是。那些我拼命追寻到的幸福过后的孤寂,更像是昙花一现后的理所当然。所有的东西都失去了最开始的闪光点,我的视觉慢慢适应了那突然坠落的黑,然后就这样无声无息地在看似波澜不惊的举止里,度过了这一天里最后的时光。

两个再热恋的人都会有沉默不语的时候。

兴奋总会过去,哪怕再讨厌,我们到底还是最适合孤单。所有的陪伴都像是天注定一样,得到必然失去,无助就像是任何事物的永恒话题。

我记得小时候,父母总喜欢在各种节日里带我出去玩。忘记是在我多大,大概小学二年级吧,母亲报名带全家人参加了一个团体植树的活动,每个家庭只需要交餐费就可以在植树节那天随团驱车去汾河二库植树。小时候什么也不懂,就知道捣乱。植树节那天,在汾河二库我几乎都没有怎么帮忙,除了在父亲把小树苗栽进挖好的树坑里后,用瓶子装了一瓶水给小树浇了浇水,其他时间就是和小朋友们在河边抓蝌蚪玩。

印象深刻的是午餐很丰富,是肯德基的全家桶,然后晚上回家后全身痒,连着洗了三四天澡身体才恢复了正常,从那以后我发誓再也不碰河里的东西。那棵小树呢?我不知道,听爸爸妈妈说,那棵小树长得很好。但是到底怎样,我根本不清楚。也许是死了吧,或许父母只是为了在我心里留一个好的印象。关于那棵小树我也没有再问过。从小到大,我还真的没有试过用热水去浇一次花,我总感觉这样的温度会让它们难以存活。现在想想,我又何尝不是。我想我也是冷漠了的,在岁月无情的浇灌下,那冰凉的灌溉,伴随着那不管不顾的认命的摧残。

我在回头的一个瞬间瞥见时间接轨的痕迹,所有的委屈都挡不住地在时间接轨的一瞬间撞在了一起。

那些在我们一时兴起后抛弃的生命。

时间时间,你别哭

长歌说,会弹钢琴的人总是优雅的。我没有反驳。在钢琴的琴声里听到长歌的灵魂对我诉说,清晰地感受到我骨子里轻微的灵魂的颤动。在那个到处都充斥着清澈琴声的世界里,我的身体就像一个承载我灵魂的躯壳。

仰光

只是突然间难过,所以情绪低落,所以谁都不想理。没有耐心,没有主动性,不安静。

有时候安静得久了会把自己忘了:我是谁,我在哪里,我在做什么?于是在惊慌失措中匆忙打开音乐,跟着有律动的音乐学着歇斯底里地活。节奏越快,我就越能感觉到我还活着。

我想长歌了。顾长歌,那个会弹钢琴,会带走我灵魂的少年。有时候真的会有那么一刹那的错觉,我到底是爱钢琴还是爱长歌弹钢琴。白色的钢琴总是可以给我一种尊贵的感觉。

不知道喜欢弹钢琴的人是不是都会喜欢慢慢抚摸钢琴的琴键,然后就那么不由自主地一个音符一个音符地拼凑出清澈的音乐。长歌说,会弹钢琴的人总是优雅的。我没有反驳。在钢琴的琴声里听到长歌的灵魂对我诉说,清晰地感受到我骨子里轻微的灵魂的颤动。在那个到处都充斥着清澈琴声的世界里,我的身体就像一个承载我灵魂的躯壳。

有时候我知道我应该去学着适当乐观,可是不得不说,我不知道自己还需要如何乐观。身边大部分的人都是在我的思想影响下逐渐走出自己的牢笼,可是我明明知道要好好生活却还是成天一副要死不活的颓废样。可以因为一段情深至死的音乐突然大哭,可以因为一个感人的片段而眼眶积满泪水。真不知道是我太容易满足于人世间的真善美和真性情还是我在羡慕什么。别人拥有的我也拥有着,或者说曾经也拥有过,可是我为什么还是会难过,还是会控制不住自己心里的质疑?

前几天一个陌生人和我说,你身边有那么多关心你的人,你真幸福。我笑了笑,却不知道该说什么。我知道,在每一个人生阶段,我们身边都会有那么一群陪你疯陪你闹,陪你哭陪你笑的人。然后岁月总是喜欢把相聚打破,于是我们被迫分开,散落在世界的各个角落,去接触新的世界,认识新的人,承受新的伤害。大人们和我们说,这叫成长。跌跌撞撞到满身是伤,心里曾经是满满的梦想,最后我们决定不恨了,安静地去过一个平凡人的生活。多少人在年少的时候都一腔热血地想要干什么,却还是被现实无情地打回了原形,安于现状了。是不是真的是我们太过懦弱,所以在那段迷茫的旅途中放弃了我们曾想要的生活。不勇敢还是太残酷,最终都在时间的拉扯下逐渐化为一声叹息。

哪怕再成长,我们也是孩子。心智不成熟,想法还幼稚,只不过承受的越来越多,经历着本该以后才经历的波折,于是学会了安静接受。当痛苦没人可以感同身受一起分享,只有自己抱自己的时候,我们才知道原来所有的事都是要靠自己的。所以我们不再和人交流,说自己的想法和感受。我们开始变得更加会倾听,却更加自闭。

当自我保护成为一种下意识。

"总有一些难以言说的苦楚,让你空洞、迷茫。就像那种空心的树,看起来枝繁叶茂,却原来已失去了那部分的心。至于那苦楚是孤独、逃避,还是忏悔、宿命,可能连他们本人也无法分辨清楚。于是,只有孤注一掷,选择一条以往从来不曾想过踏上的路,以期找到那个救赎自己的答案。"我喜欢的一位作家这样说。一瞬间联想到那些虔诚的教徒。是不是因为那些无法言说的痛苦难以承受,所以在他们听说有一种名为信仰的东西,可以使他们完成救赎的时候,他们选择了孤注一掷地踏上信仰的道路,从此不再回头。

记得去年的时候,我和我身边的一个孩子谈起梦想和信仰。她问我:"当初明知道会累会痛苦,你为什么还要一直坚持着?为什么现在承受着这么多的痛苦和折磨,还不放弃呢?"于是我哭了。不是因为我真的好累好疲惫,而是我的苦有人看得见,有人理解。我哭着说,那些我们曾经义无反顾选择的路,哪怕再苦再痛,也要含着眼泪走下去,哪怕跪着也要走完。我真不知道是谁给我这么大的信念，但是我真的不想放弃。我坚持了这么久，怎么可以说放手就放手。我痛苦了这么久，怎么可以因为一点苦，就让曾经的付出就此埋没。我知道我不甘心，所以我未放手。我清楚地知道我曾经多么痛过，所以我就更加不舍得轻易止步。我这么一个害怕背叛的孩子，怎么可以背叛自己呢？

今天看书的时候，不经意间看到一个令我有些无法接受的句子："自爱的最高境界，是活得足够潇洒。"真是一种讽刺，一个天天把爱自己挂在嘴边的人居然活得比谁都束缚，明明知道该拥有怎样的心态和想法，却仍死不悔改一根筋地悲伤下去，把自己困在自己设下的牢笼里痛不欲生。可是要怎么办呢？如果我哪天连自私都标榜不起了，我又该去用什么来解释我无缘无故的任性呢？没有借口是一件多么可怕的事。

我总是在自己无法做出取舍的时候和自己说，顺其自然吧。看到这句话的人别笑，我承认，我就是这么懦弱，你说不定也是这样的。我总是喜欢把自己解决不了的事情交给时间去完成。一个连记忆都可以帮我抹去的强大存在，怎么可能连这么简单的事都解决不了呢。别怕，时间会让你忘记当初的执着和坚守，时间会淡去那些给你负担让你烦恼的东西。总是这样，因为我们本身就是在逃避。你不想去承认而已，没有关系，时间帮你背负这个背叛的罪。

"老师，对不起，我忘记写作业了。"——怪时间太久了。

"亲爱的,对不起,我迟到了。"——怪时间太少了。

"谁谁谁把我忘了。"——怪时间无情好了。

时间时间,你别哭。摸摸头,亲亲脸,别难过,这是你该承受的。

要怪,就怪时间吧。

愿爱我的你们安康

我怕失望,就像我怕寄予别人期望一样。我还没有学会拿什么来填满我失望后的失落。

而最可怕的是,当一个害怕失望的人同样地在令别人失望着。

仰光（三）

有时候，听一首歌就感觉是一种人生。我不知道我为什么那么喜欢音乐，或许是因为它强烈的动感带给我从未有过的生命力，我听见我的心脏跳动，我知道我的泪湿了眼眶，我不再冷漠。我会哭，我会笑，我会难过，我会忧伤。仿佛是音乐教会了我所有的感情，包括爱。

一个不会爱的孩子要怎么去爱别人呢？我只能一点一点地、毫无方向地从音乐中摸索着，什么叫爱，有着怎样的情绪和行为，才是所谓爱别人。也确实是难为了自己，我需要拥有一套极强的模仿能力。

听说最简单的爱就是因为对方开心而会开心，因为对方难过而自己也变得难过。我似乎忘了，只是有一种感情叫作感染，有一种体会叫感同身受。于是长大了的我也学会了分辨，不再不顾一切地把任何感动都当作是我爱他。好像我就是从学会了分辨开始变得冷漠的吧。我把一切我认为我不爱的东西拒之门外，并且冷眼相待；我对那些我以为我爱的人索要着所有我以为我应该得到的东西。我学会了一个词——心安理得。

爱，包容，陪伴，付出。

我和任何一个孩子一样,在想要的东西得不到的时候就会发脾气,只不过我不会吵,也不会闹。有那么些时候,我总是欣慰于自己的安静,那么安静,安静到我都要把自己忘了,安静到我只能感觉到自己模糊的存在,安静到我只有默默地哭才可以不让自己那么疼。因为岁月,所以懂得,原来并不是每个爱我的人都有义务去满足我。我开始变得不安,我开始变得不敢接受,我开始变得学会理直气壮地拒绝。只是因为我不再心安理得地接受来自任何一个人的善意和感动。

我怕。

我怕失望,就像我怕寄予别人期望一样。我还没有学会拿什么来填满我失望后的失落。

而最可怕的是,当一个害怕失望的人同样地在令别人失望着。

让我这一个浑浑噩噩地生活在这个世界中18年的人来总结一下我们的人生轨迹吧。

亏欠与被亏欠,内疚与追悔莫及。

我想,我们这一生,亏欠最多的,不是自己,不是爱人,而是我们的父母。他们为我们付出了那么多,却从未像哪一个爱我们的人一样奢求过回报。他们总是竭尽自己的所有,想把最好的东西给我们。

前几天和同学讨论过年回家的日子。因为是进大学的

仰光二

第一个春节,因为是进大学后第一次回家,所有的人都好像有说不完的话。

"我妈回去第一句话就是我胖了。"

"回家吃我妈亲手做的饭感觉好幸福,还是回家好。"

"怎么办,我现在就想回家了。"

诸如此类的声音充斥在我身边的每一份空气中,不断地冲击着我的耳膜。当晚,宿舍的某一同学就给父母打了一个电话,电话刚接通没几分钟就哭得稀里哗啦,完全不顾形象。因为说的是方言,所以我也没听懂几句话。偶尔可以听出"我想回家,我想你们"的句子,然后又是一阵撕心裂肺的哭泣。

就那么突然地想到了我的父母,我父母的父母,心里酸酸的。春节的近50天假期我几乎都用在了陪伴家人上,话没有多说几句,却一直待在他们身边。以前还能和父母在周末或者节假日的时候回去看看姥姥、姥爷、爷爷、奶奶,可自从远离故乡,再也没有回去过。这第一个春节的假期,意义非凡。中秋节从姥姥家离开的时候,透过车窗看见姥姥在风中轻轻颤抖又红了眼眶的样子,心里就那么不自觉地难过,不敢摇下车窗说声再见。也许我真的是一个自私的人,自私地向我身边所有爱我的人索要着我想要的一切,却未曾想过他们是否可以有条件满足我,未曾替他们考虑过,未曾大方地拿出自己宽裕的任何一点时间去陪他们说说话，哪怕只是坐坐。

我的自私到底伤害过多少人，我未曾数过，但可想而知。

我想，我和我的母亲一样，都是一个羞于表达的人。只不过她被现实逼得只能被迫地主动表达，而我呢，还好，这个社会还没怎么逼我说那些我想说却说不出口的话。或许每一位母亲在孩子的眼里都是凶巴巴的，严厉的。不得不承认，我也同样这样认为。小时候总是会因为做错题或者背不出古诗而被母亲责罚，或因不小心闯了祸无法平静地吃完晚饭。长大后，不再是因为这些鸡毛蒜皮的小事被责骂，而是因为青春期的叛逆和不听话。长大真的是一个让人很讨厌的话题，压力变得越来越大，学习成绩、毕业工作、社会交友……让人应接不暇，无暇顾及其他那些自己想要的生活。因为争吵，所以隔阂越来越大；因为羞于表达，所以沟通未能到达；因为埋怨，所以偏见越来越深。

我有一位警察出身的母亲，我的母亲在学生时代始终是一个成绩优异的好学生，我的母亲不管是被迫还是自愿的，她现在的社交能力很好。她是一个认真对待每一件事的人，是一个乐观的人，是一个可以和你在吃饭时因为一句话而哈哈大笑的人。或许就像她说的，她那么爱我。小时候老师让写作文，题目是"我的母亲"。似乎所有的孩子都是在用真情实感在写，写自己对母亲的爱，写自己对母亲的埋怨，写自己和母亲的故事。我记得就有那么一次，一位同学的作文因为表达真情实感被老师拿来诵读。该同学说，他因为想参加学校的篮球队和母亲吵架闹了三天，天天都躲在被子里一个人哭，埋怨母亲的不理解。后来回家后在角落里发现了一个新买的篮球，就那么一瞬间突然痛哭。"多么感人啊"，老师这样评。可是我的作文怎么写的，怎么构思的，只有我知道。我说我崇拜我的母亲，因为她是一名警察。然后全文就围绕着崇拜这一词盲目地写着什么。具体内容我忘了，我只知道我并没有说真话。我是在小时候很崇拜我的母亲，因为她是一名警察，还有什么吗？似乎没有了。有我作文里说的那么崇拜吗？似乎没有。甚至在长大后，小时候的崇拜都在不知不觉间变成了埋怨。有那么些时候我都在想，如果我的母亲不是一名警察，只是一个普通的平凡的人，那么她对我的要求会不会就不会那么高，会不会就只会像其他同学的家长一样，不要求自己的孩子有多么优秀，只要孩子可以健康地成长就好。

可是现在回想起来，我却真的因为自己能有这么一位严厉、要强却又爱我的母亲而骄傲。因为她，我有着很好的是非观念，我知道什么该做什么不该做，什么事情该在什么时候做，我现在拥有什么。我记得在我很小的时候，我的母亲给我打印了一张纸，上面罗列着她所能给予我的和不能给予我的。其中有一句这样说："妈妈可以给你生命,却不能替你生存。"现在想想,真的如此。岁月本来就是一个碾压机,切断了一切我们原本想要依赖的东西,逼着我们成长和独立。

我像所有被生活所逼的孩子一样,清楚地知道我的父母寄予我的希望和期望。只是,怪我不够好,自私又任性地逐渐与他们所希望的道路背驰。

我在自己选择的道路上跌倒挣扎,却深知这是我自己选择的路,再苦再累也要自己一个人走。我的父母,不要再为我担心了,我知道该怎么面对以后的生活,所有的道理我都懂。请给我一份我想要的自由,让我自己生活,哪怕最后我被伤得狼狈不堪才知道回到你们的身旁。别怕,或许我还没有长大,或许我还是一如既往的幼稚和可笑,但这就是人生,不是吗?如果我的人生只有规划却没有放手一搏,你们是不是也会同样地为我惋惜呢?

原谅我是一个不懂爱的人,原谅我是一个不会爱别人的人,原谅我是一个不会表达或者羞于表达爱的人,原谅我还在岁月中慢慢学习怎么去爱,或许这个学习的速度赶不上你对我寄予的期望和想要的回报。就这样再原谅我一次,给我最后任性的宽容。

总是向你们索取,却不曾说谢谢,直到长大以后,才懂得你不容易。每次离开总是装作轻松的样子,微笑着说回去吧,转身泪湿眼底。多想和从前一样,牵你们温暖手掌,可是你们不在我身旁,托清风捎去安康。时光时光慢些吧,不要让你们再变老了,我愿用我一切,换你岁月长留。一生要强的爸妈,我能为你们做些什么,微不足道的关心收下吧,谢谢你们做的一切,双手撑起我们的家,总是竭尽所有,把最好的给我。我是你们的骄傲吗?还在为我而担心吗?你们牵挂的孩子啊,长大啦。

愿爱我的你们安康,没有愁容和疲劳。

骊歌未央

致青春
So Young

Dreamming

没有太阳的我似乎都是死气沉沉的,而太过刺眼的太阳同样让我慵懒。还是一望无际的凋零的颜色,还是那种沉浸在死寂里的沉沉的味道,就这样像一层幕布不知不觉地笼罩在学校的上方。就这么突然地想念起北国的天气,以及那18年我所度过的日子。

有时候心里总会莫名地恐慌，那些我现在拥有的东西会在一个什么样的时刻突然出来抛弃我，打败我，把我伤得伤痕累累。

　　几年前的海边，林夕还在我的身旁，和我一起从白到黑，再从黑到白地生活。我记得那个时候她就和我说过，语文学得太好的人不适合去写小说。我当时问她为什么，她说因为语文学的太好的人总是会下意识地概括，一个故事也好，一种思维也罢，总是可以从容不迫地缩整到一句话。后来在海边的家里，我面对着空无一人的房间也曾想过这个问题，或许我真的不适合写小说。也许是林夕说的那样，语文学得太好，所以总是想下意识地概括出来，又或者是我太懒，总是喜欢说简短的句子。可是我还是比较赞同第一句话的，我毕竟这么自恋。

　　"我给你讲个故事吧"，我对林夕说。

　　"好的。"然后她就静静地靠在我的肩上，等我的故事。

　　几分钟后，我就已经把一本我看了很久的一本书叙述完毕。林夕抬头看着我，眼睛里除了惊讶别无其他。

　　"可真快"，她说。而我也突然意识到，这个故事好短。

"或许有时候一个人的一生，也许几分钟就能说尽。是吧，阿旭。"林夕靠着我，眼睛不知道在看哪里。

"或许呢。"我这样回答。

"走吧，我们去画画。"说完林夕就站了起来，自己一个人跑远。

我想这已经是很远很远的事了吧，那个时候，林夕还在。回忆总是可以把我的情绪拉得很长很长，然后在一个突然后戛然而止。是的，一个突然。因为我又想到了其他的东西——我在前段时间看到的一段广告视频。

在说这段视频的时候，让我先介绍一下我的老师。给我们上课的是一位已经获得博士学位的老师，但是不同的是她很年轻。我们的老师很好说话，不会点名不会为难同学。甚至如果你昨晚玩得很晚，今早起不来，你完全可以不用去上课。上这种老师的课总是让人感觉很轻松，很快乐。老师总是会在课堂上和我们分享她曾经上学考研时的各种经历，温暖而刺激。我相信，我的老师一定是位天才，因为曾经她稀里糊涂地就考上了博士，而考博士的前一天，她还在和她的同学们在外面玩。

老师说，要让我们欣赏一个台湾大众银行的广告宣传片。然后就那么自然地，所有人的注意力都被引到了视频上。要相信，任何人都是对视频感兴趣的，尤其是在上课的时候，一半的时间说不定就在视频的播放中不知不觉流逝了，然后剩下一半的时间，老师的瞎侃已经在前面占用了，好了，同学们，可以下课了，一片欢呼雀跃。

那则广告宣传片的名字叫"梦骑士"，由一个台湾真实的故事为灵感，拍摄而成。整个片子是5位平均年龄超过81岁的老人演绎的，5位老人中一个重听，一个得了癌症，其他三个患了心脏病，但是他们组成了一个团队，骑着摩托车挑战环岛旅行。片子中，他们在健身房锻炼身体，相互勉励，最终有一天，他们骑上了摩托车，开始了挑战。片子的配乐很动人，画面里老人们脸上洋溢着不知道多少年都未曾出现过的青春和快乐。最后他们一同到了一个地方，面向着太阳，无比自豪。结尾的时候画面被定格，然后同时出现他们年轻时的照片，接着就是广告语。不知道为什么，突然眼泪就在那时候充满眼眶。

我想，也许这就是青春。因为梦想，所以远方。不管前方的路是否通畅，依旧为了梦想积极努力。或许谁都因为梦想而拼搏过，只不过在结局的时候不太理想，可是那又怎样呢，青春本来就该是拼搏和痛苦相并的快乐。年轻的时候不苦一点，长大了怎么知道什么是真正的幸福？

突然就那么难过，我开始无比怀念我曾经没有好好把握或者是未曾来得及把握就已经走得很远的青春。小时候的自己多么希望可以快点长大，离开学校，离开家长，离开所有自己当时以为是烦恼的烦恼，给自己自由。于是我们开始挥霍，开始漫无目的地做我们还未判断正确与否的事，于是在最后追悔莫及。往日的回忆总是可以在最恰当的时间进入我的头脑，然后肆意妄为。

贵阳在三月份还是没有一点春的迹象，哦，当然，如果雨天可以被认定为是春天来了的象征，那我可真的是无话可说。记忆中，北国的春天总是在三月就可以很明显地表现出来。路边飘扬着让人讨厌的柳絮，以及落了一地的白。往年的春天，都该是我们学生最讨厌的时候吧。骑车子的时候总会有那么些柳絮从树上飘下来，不是迷了眼就是让人浑身难受，更是可怜了那些过敏的同学，春天简直就是一个噩梦，他们必须戴着口罩上学，把自己裹得严严实实的。那个时候我们总会拿柳絮去逗身边的女孩子，然后走廊上回荡的都是我们满满的笑声。真的很满足，那种小小的快乐，却是那么容易完成的幸福。

没有太阳的我似乎都是死气沉沉的，而太过刺眼的太阳同样让我慵懒。还是一望无际的凋零的颜色，还是那种沉浸在死寂里的沉沉的味道，就这样像一层幕布不知不觉地笼罩在我们学校的上方。就这么突然地想念起北国的天气，以及那18年我所度过的日子。

我不知道该把青春定义在哪个阶段。或许是12岁到16岁这看似漫长却令人无比怀念的5年时光里，又或许是17岁到20岁这该长大又拼命拒绝长大的4年年华里，总之，青春也好,幼稚也好,18岁已经成为我的过去,曾经这个我引以为豪的年龄也开始学会无情地抛弃我了,我相信19岁这个忘恩负义的家伙也快了。

青春,这个让人又爱又恨的东西。

Part 2

青春荒唐不负我

义无反顾到自我保护

她韶华渐远,我无欲无念

别回头

昔日光景成翅

我也不是我坚强的样子

沉默的琥珀色时光

愿孤独至死重生

荒芜未果的白色

过去过不去都会过去

回忆最宽容

义无反顾到自我保护

有时候我真的以为我足够自私了,所以我可以心安理得地任性,可以不顾后果地挥霍那些本来就少得可怜的爱了。

仰光 三

有时候我真的以为我足够自私了,所以我可以心安理得地任性,可以不顾后果地挥霍那些本来就少得可怜的爱了。

我想我是一个怎样的人呢?我总是会突然地问身边的人一些莫名其妙的问题,类似于"你喜欢不喜欢我"、"多喜欢我"、"你会离开么"这样没有逻辑却也无法在第一时间回答出来的问题。我想身边的人总是爱我的,所以她们的回答千篇一律地相似。应该是所有人在潜意识里都相信永恒吧,所以每个人都幻想着会爱别人很久很久,久到无法描述的时候,就开始用一些抽象的词去代替自己向往的长久。什么"射线"、"宇宙"、"生死"、"时间",无一例外地,这些形容都会让听的人满心欢喜或者泪流满面。所以我们都相信了,又或者因为感动和执念,我们都愿意相信了。

我们在理智的时候其实心里都有一个答案的,不管是否确定,但是我们总会下意识地把它当作结局。在童话开始的时候你就知道结局是幸福美满的,不是吗?在你和他的故事开始时你其实就已经知道结局是怎样的了,不是吗?就算你不知道,可是,我知道,我比谁都清楚。

也许很多人都承受过，那种明明知道结局却还义无反顾地跳进悬崖，期望着在坠落的过程中会有一只中途飞过的大鸟接住自己，然后平安落地。99%的人都粉身碎骨尸骨无存了吧，可是那又怎样呢？我总是被那种义无反顾地走向死亡的人感动得热泪盈眶，甚至于死心塌地。所以，我变得越来越爱自己。渐渐地，义无反顾被我当成了义不容辞，我再也找不到曾经的那种抽离感和钝击感了。所以，我开始讨厌自己了。

我想我知道我是一个怎样的人了。我应该是很爱自己的，但是我又因为爱自己所以发疯似的爱着我爱的人。我想我是可以为那些我爱的人做出奉献乃至于献出生命的人，因为我爱她们的时候就好像在爱我自己。我从对一切事物的理解和包容中得到心灵的极大满足和享受，有时候自恋了反而更觉得自己像是救世主。我愿抚平这世界所有的伤痛、苦难和折磨，我愿意这人间洒满爱的奉献。可是我的世界太小了，小得只足够容下几个人。

有的时候我想，我真是够疯癫的。因为莫名的难过和痛苦而向周围的人发泄自己的不满和失落。我渴望得到宠溺和放纵，而事实上她们也的确是给我了。可是她们却被我弄得伤痕累累，疲惫不堪了。我又恢复了常态，一如既往地大方，宽容地向所有人展现我的大度和包容，轻声细语地安慰着身边那些因为我而变得不知所措的她们。我想，我对她们真好，好到连我自己都感动。

我想我又知道我是一个什么样的人了，自欺欺人的同时还暴虐成性。我想我总是善于用我的花言巧语把所有无依无靠，或是有着不堪过往的人围拢在我的身边，宣扬着不同于任何宗教的理想主义，动人地讲着圆满的童话故事，于是越来越多的人把我当作信仰了。

所谓有着不堪过往的人，不是说那些过去多么黑暗、堕落的人。我把所有不如意、不称心，带给我们失望、难过、羞耻、内疚的一切曾经，都看作是不堪的过往。于是她们说我是光，给她们指引方向，为她们点燃梦想，赋予她们力量，帮她们驱逐黑暗。可是她们都忘了，都忘了我是一个怎样喜爱黑暗，不喜光芒的人。我还是喜欢坐在没有灯光的地方，蹲坐着，抱着自己。如果这个黑暗的地方有窗户，那么我会看着窗外的月亮，如果这个地方没有窗户，那么我会闭上眼睛感受自己内心的力量。

有时候黑暗代表着安静、宁静，甚至寂静，房间里只有我和无尽的黑。我不用怕被打扰，不用面对白天惨白的光和炙热的希望。我总是想我是不适合拥有希望的人，我总是幻想着、失望，幻想着、失望。然后我明白了，我看开了，我绝望了。我总是在学会孤独后尝试着身边有人陪伴的日子，然后在想要接受和拥抱温暖的时候突然又选择了孤独。我怕，我怕我适应了温暖的生活后如果哪一天我再次面临着孤身一人和无所依靠的时候，我该怎么办。孤独，那是我自我保护的本能，我告诉自己，不能丢。

有时候我也奇怪，为什么人总是在先学会爱自己后才懂得爱别人。然后我知道了，在我们每一个人一无所有的时候，在我们无依无靠只有自己的时候，拥有的、能选择的，只有我们自己。不爱自己难道还要爱那些背叛、流离在外的别人吗？没人会这么傻。人在将死的时候永远都会想到要靠自己，也只有我们自己可以救自己了。所以我爱我自己，我不想我的心脏因为承受着过多的失去和分离而疼痛难忍，所以我怕失去。我相信所有的不舍都是因为人们在分离的那个瞬间享受到了以前在一起时从未有过的心痛和折磨，所以才会在无法忍受中选择了重新在一起。她们说，是因为还有爱，所以还没有结束，还没完。而我知道，是因为还有疼，所以不忍结束，不想痛。

可是，突然有一天，我想，我真的好怕失去，那种撕裂心脏却没有鲜血涌出的疼，让我恐惧。

我是一个善于逃避的人，不仅如此，我还是一个善于对自己的逃避找出一大堆冠冕堂皇的理由的人。我总是会妄想有些伤会被时间所覆盖，看不见了，所以理所应当地选择了遗忘。要知道，记住痛苦是一件极其需要勇气的事，而我有自知之明，我是宁愿选择忘记也不会想要记住的。岁月似乎只在时间的无情碾压下教会了我逃避和不勇敢，我变得越来越脆弱，脆弱得只会用伪装去掩盖自己本身受到的伤害。越来越多的事被我积压在胸口，我的呼吸也越来越沉重。我想我要承受不住了，我想我不想再承受了，于是我找到了一个看似合乎情理的发泄方式——挥霍。

她们越来越宠我了。她们开始变得小心翼翼，她们怕出一点点小错都会让我大发雷霆、谴责，甚至赶走她们。她们开始变得面无表情，她们习惯了我的任性和莫名的情绪。她们慢慢开始变了，我知道，却抑制不住自己的任性。她们越来越不依赖我了，她们中似乎有人离我越来越远了。她们总有一天会离开我的，我知道，我信。

我似乎又投入到了新一轮的义无反顾中，拉着她们的手，坚定不移地向着最终的灭亡走去。最后我的手心里总会变空，身边全是碎骨。

我想我又要开始爱自己了，因为我倒是真的一无所有了。

她韶华渐远 我无欲无念

我想我是热爱我的文字的。我的文,我的字。那种感官的优美和精神上的冲击完美地结合在一起的时候,我是多么喜欢自己,喜欢自己的手。我可以骄傲地写出我想要的字和我喜欢的文,我可以任意地把各种美组合,我喜欢我可以。

我喜欢漫步在雨天,那种清爽的感觉总是让我不忍抛弃。

天灰蒙蒙的时候,其实也有别样的美丽。我可以大胆地、毫不遮掩地盯着天空看好久好久。不同于晴朗的时候,那个刺眼到无法让人直视的感觉会让我莫名其妙地感到烦躁与不安。

我想,我是喜欢下雨天的。

以前不知道是在哪里看见了"下雨天的时候最适合哭泣,因为这会让人分不清是雨水还是泪"这样的句子,这就为我喜欢下雨天制造了更加充分的理由。

我想,我是坚强的,哪怕只是伪装。

我是一个从小就很喜欢阳光的小孩。我可以贪婪地趴在窗前看着透过树叶不均匀洒下来的阳光整整一个下午。要怎么说呢,斑驳的光影总会给我一种或明或暗的希望感。那金色的光束在我看来是那么神圣与耀眼,照到哪里哪里就会镀上一层金色的光辉,好美。

或许我是向往希望的吧,虽然每次我都会在一次又一次的希望中失望而归,虽然我面对的希望总是那么渺茫,渺小到令人绝望。但我还是忍不住期待，期待着下一次的不同，期待着下一次的期待，如此反复。

我想，自信是源自于别人的肯定吧。有些自己还未发现的优点就这样在别人一次又一次的赞扬和欣赏中茁壮成长，然后被我欣然接受了。于是我也学着按照别人的欣赏与赞扬，开始审视自己的一切。

我喜欢我的手，致命地喜欢。

一个人的时候，我总是喜欢翻来覆去地看自己的手，手心、手背、修长的手指、错综的掌纹，还有那些突出的手骨。我会想，这 18 年来我经历过什么，感受过什么，付出过什么，得到过什么，然后我就看见阳光洒在手上，反射出好看的颜色。我总喜欢把手高举过头顶然后反复地看。我看见阳光金黄色的光束透过我的手指，一束一束，清晰可见。于是我抓起笔，在白得甚至发亮的纸上写字，任阳光投射。接着我看见阳光在纸页上反光的地方，写着四个字——

韶华渐远。

我想我是热爱我的文字的。我的文，我的字。那种感官的优美和精神上的冲击完美地结合在一起的时候，我是多么喜欢自己，喜欢自己的手。我可以骄傲地写出我想要的字和我喜欢的文，我可以任意地把各种美组合，我喜欢我可以。

才发现,原来自信,是自己对自己的肯定。

前几天莫名地难过,不知道为什么。也许只是想难过了,想被安慰了吧,我看着手机联系人里的寥寥数人,不知道该和谁说说话,唱唱歌,或者是单纯地吐槽发泄一下。我找不到。我不知道对方现在是否会有时间接我的电话,对方是否会同意我这样浪费他的时间,对方是否想接。那种曾经以为可以相依为命的东西,就忽然地让人不相信了。

其实有时候不是我空虚,不是我需不需要的问题。我只是想找一个人,在我不自信、在我否定自己的时候可以站出来告诉我,"你很优秀";我只是想找一个人,在我不开心、在我一个人独自难过的时候可以站出来告诉我,"你还有我";我只是想找一个人,在我害怕、在我恐慌的时候可以站出来告诉我,"我一直都在。"我只是单纯地想在我需要的时候,有个人可以让我依靠,可以让我卸去伪装,可以让我不坚强。

仅此而已。

不知道为什么,每次抬头仰望星空的时候,我总会想起阿落眼里的悲伤。那种浅浅的、淡淡的,可以一点一点地把人吸进去的空洞。仿佛有一种悲伤是刻在骨子里的,在耳濡目染中将身边的人同化。

我想,我又要开始浑浑噩噩地开始度过时日了。

阿落的影子每天晚上都会出现在我的梦中,日复一日,从未断过。我不知道这代表着什么，意味着什么，但是那种感觉真的很痛苦。并非噩梦缠身，却也并不轻松。

　　昨天突然收到了阿翎的一封信，很惊讶，却也没惊讶太久。信的封面很好看，是两个追着气球的孩子，脸上洋溢着青春独有的明媚与阳光。我欣慰地笑了笑，拆了信封。那是一封很长的信，没有题目，没有落款。但是从字体上我可以辨认出那是阿翎的字，一如既往的潦草，一如既往的随心所欲。

　　信的篇幅很长，大概是一些类似于"我想你"、"生活没有原来想象中的那么美好"之类的句子，信的最后阿翎写了这样的话："岁月是活过一回的印证。都说生命不需延伸得掷地有声，只求于岁月流逝中如夏花般绚烂。在此刻又忆起那个日子，逆着阳光的阴影。也许便是，我们煌煌年华中凝聚了无数热情的一次生命，短暂的一段旅程。酝酿了积蓄了太多的情绪，冲闸而出的时候，灼热得使人流泪，却依然是幸福的。因为拥有。"不知道为什么，在看到这段话之后，我沉默了好久。心里有一些不知名的情绪在酝酿、翻涌，然后就那么突然地难过了起来。因为我们的曾经，因为我们的失去。

　　后来的好几个小时我都在反复地读阿翎寄给我的信。那种一遍又一遍重温的熟悉让人莫名地安心。我想我还是有人牵挂的，我还没有到无一人惦念的地步，蛮不错的。

于是我坐在了桌前,开始给阿翎回信。时光就在我的笔下一点一点地走过,再也不复返。

"如果大学只是短暂地将我们分开,如果距离的遥不可及都可以被视为地图上的一个点,那么我想,我们真的离得好近好近。你还好吗?我想我不好。按部就班的生活让人感觉无措,每天两点一线奔波着却再也没有曾经奋斗的激情。我不知道我是怎么了,仿佛是寄宿在别人体内的灵魂般,靠着别人的喜怒哀乐痛不欲生地活着。我回首我们共同走过的路时总会有想哭的冲动,那种时过境迁、物是人非的感觉不知道为什么在分离后变得愈加强烈。现在我在学着努力地为自己的未来争取机会,任何机会。我在写书了,可是我不知道我能写多久,那种仿佛在抽取灵魂的痛总让我有放弃的念头。我总是在想,如果哪天我再也无法写出那些可以让人品读后沉默的文字时,我该以一种怎样的方式退出他们的生活。亲爱的,如果你在就好了。"

别回头

如果心安是种力量,那么我想,你就是我生命中寥寥无几的光芒。

仰光（三）

我想，是时候去调整下心情，干些其他的事情了。最能使人身心疲惫的就是空闲，无所事事，却怎么都不甘心自己空空流逝的时间。所以越反复，越挣扎，到最后终于把自己弄得疲惫不堪，什么都不会再想，不会再做。

如果心安是种力量，那么我想，你就是我生命中寥寥无几的光芒，你是我触摸便可忘记所有的不甘和落寞，不在身边却也可以使我镇定的药。

所有的结局还是像最初设定好的那样结束了，没有鲜花，没有掌声，甚至没有一声欢呼。我都懂。无关在乎与不在乎，无关想与不想，要结束的注定要结束。不知道为什么，总是在结局的最后才狠狠地讨厌自己的不在乎，像是与己无关的冷漠退场，最终聚光灯下留着的仅仅是一团黑色，圆的、空洞的，黑得让人从心底感受到寒冷。然而我懂，结局都是自己说出来的，我说它会怎样结束，就会怎样结束。

有没有玩过这样一个游戏？当你不知道该在两件物品中选哪个的时候，或者说你都很喜欢但是都无法割舍的时候，拿出一个硬币。现在开始，我们规定正面是 A；反面是 B，如果抛出硬币之后得到的结果是正面，那么你就选 A，如果抛出硬币之后得到的结果是反面，那么你就选 B。不会选择，有选择恐惧症，没有关系，让硬币帮你。手拿好，把硬币放在手心中央，抛向高空。真讽刺，在硬币即将落下的时候，其实你心里就已经有了答案，到底是选择 A，还是选择 B，你比谁都清楚。与其说让硬币帮你做决定，还不如说让硬币逼你做决定更贴切。

其实在最开始的时候，不是所谓的命中注定的离开，也不是所谓的命中注定的失败。只是我在最开始的时候就已经想要它有我想要的结果，所以，所谓我说，还不如说是自我麻痹，我每天都在告诉自己那个我想要的结果，可是我又怎么可能在最后知道它会不会发生。

说我什么都好，作茧自缚，自作自受。我都接受。

可是成长比我想象中还血腥得多，起码我是知道结局的，而我对我的最后却一无所知。我还记得我以前说，成长就是一个逐渐失去的过程，可是在这逐渐失去的过程中，我发现，原来所有的失去都是一个过程，成长真正的目的是让我们每一个人都学会接受——接受改变，接受自己。所有人最终都将成长为自己最不想成为的那个人，可是最后还是默默接受了。不管这中间有多么痛苦，多么惨不忍睹，我们还是挺过来了，然后选择了接受。

我们讨厌伤害，讨厌被伤害；讨厌世俗，讨厌现实。

但是我们都将学会面对，不管是黑暗还是空洞。时间总会让你忘记过去的自己具体是个什么样子，回想起来的时候我们只知道曾经的我们是有多么强烈地想要反抗过，却还是投降了。总会有几个人承受不了，接受不了，所以他们选择了用结束自己的生命作为反抗这个世界的最大武器。可是大人们却叫他们"懦夫"。有人说，没有勇气面对现实的人是懦弱的、胆小的。语气嚣张，就好像他们自己有多勇敢一样。我们永远在讨厌与接受中循环反复，有着其他生物都没有的大脑，可以思考，似乎是上天的宠儿，却像是永远被诅咒。这就像是吸血鬼的永生，不会死亡永远都像是一个礼物，一个上天的眷顾。可是所有的吸血鬼却只能在背叛和仇恨中反复永生，必须接受在漫长时间里逐渐冷漠的自己和他人，以及自己对生命的麻木。这是一个诅咒，永生。

我想，每当我深陷回忆的时候我才会想起来我到底失去了多少。可是要怎么办呢，失去的总是要失去了之后才可以明目张胆地向全世界宣告自己的不满与怨恨的呀，不然我怎么称那些回忆为"失去"呢。如果我身边全是满满的爱和幸福，那么我会不会失去得更多？疼痛总是提醒我保持清醒，做我该做的。所以我清醒地知道，那些我不顾一切也要放下的东西，都回不来了。

"失去什么不重要，重要的是你能找回什么。"我转身看我走过的路,却发现遍地荒芜,回忆不是变成尘埃就是汇入了河流,没有一个我可以完整地捡回的东西,没有。

很多人都心疼我,也许是因为我的悲伤和她们一样,抑或我所承受的远比她们想象的要多,所以她们想要温暖我。就像一个有"它物控"的人总是想要去修补身边一切破碎的东西,可是再修补也还是有裂痕的。

我听过一个这样的故事,故事里说,王子去找公主,女巫说:"你去找,可以。但是只要你离开,就不能回头,回头就会变石头。"最后王子找到公主了没有,我不知道,变成石头了没有,我也不知道。可是我记住了别回头,这比任何诅咒都让人更加执着。

自己选择的路总是要自己一个人去完成的,哪怕尽是嘲讽,哪怕尽是阻挠。闭上眼,总有一条路你一想到就会满含泪水,不管走过了还是正在走,抑或准备走。那个你自己认为自己可以,并且有理由坚持的路。

我才不要管回头是不是会变石头,那个一路走来却满是荒芜的路,那个我一想起就会哭却坚持走完的路,那个我第一次自己选择的路,我以最完美的姿态走完的路。我回头了,却也只是怀旧。我无法后退,身后的荒芜总是潜意识地提醒我,前方总有山清水秀。

没有你的世界伴随着强烈的不安,身体里连呼吸都会牵扯着疼痛的窒息,比走在布满荆棘的丛林中要痛得多,我宁愿破碎梦想都想奋不顾身拥抱你的路,我告诉自己——别回头。

人从一出生就伴随着来自上苍最残忍的诅咒,我们接受诅咒的过程远比诅咒本身要痛得多,可是不接受还能怎样呢?活着代表着最深刻的勇气。

这勇气说——别回头。

昔日光景成翅

黑暗的房间,从四面八方涌来的是满满的安全感。有多少梦就是在这样安逸的情况下,被我们从心里释放,再铭记在记忆的最深处,等待下一次的开启和降临。所有的罪恶都被掩藏,看不见,像是所有人都心照不宣的答案。

身体里蠢蠢欲动的背叛。

仰光(二)

或许真的是故地重游,才会有那种叫作时光倒流的错觉。我走在铺满夜色的校园里,下意识地走自己最熟悉的那一条路,就好像又走回到了最初踏上这片伴随我 4 年的土地。每当看见提着行李箱走在校园里的学生时,我总会想起去年我报到时的场景。也许是真的适应了,所以才能这么自然地感慨着时间的流逝——那时候对大学的憧憬和向往,那时候对未来的热切和希望,那时候对一切新事物的好奇和模仿。似乎我还是没有长大的模样,像小时候一样对什么都保持着应有的遐想,以至于从想象的天空中惨烈地跌落在地时都没有一个热心的人来将我扶起,为我拍去身上不经意沾染的灰尘。

或许每个人在故地重游的时候总会不自觉地想起什么。那些被时间没收的痕迹,那些被泪水浇洒的土壤,以及那些被不知名的难过和悲伤席卷的回忆,都零碎地掉落在那片我们曾经怀着炙热踏上的土地。总会有人感伤的吧,然后留下一些应景的句子,比如时过境迁,又比如物是人非。

我也忘了是什么时候,做任何事情都可以把音乐开到最大声,哪怕打断我当下的思路,我也愿意像其他明知道会牺牲还要奔赴前线的战士一样,死在灵魂被糅合进音乐的路上。

现在是北京时间晚上8:14,外面的天早已经在7点的时候就慢慢变黑了起来,现在距我重新回到一个人的时间已经过了一个多小时。夜色冰凉地贴在我的身上,校园里橘黄色的灯既刺眼,也温暖。操场里熙熙攘攘都是人,看不见脸。我抬起头,看着漫天夜色,停顿一下都感觉像是过了一个世纪那么久。我心里空荡荡的,什么都没有在想。

有时候我倒宁愿仰起头看太阳折射出的一圈一圈彩虹光圈,像是在祈望。

黑暗的房间,从四面八方涌来的是满满的安全感。有多少梦就是在这样安逸的情况下,被我们从心里释放,再铭记在记忆的最深处,等待下一次的开启和降临。所有的罪恶都被掩藏,看不见,像是所有人都心照不宣的答案。

身体里蠢蠢欲动的背叛。

我又想起了白天起床时,站在窗户边,从上向下望。阳光里纷纷扬扬的微粒,一点一点在风中飞扬。有那么一刹那,我好想伸手去接;有那么一刹那,我好感动。没有原因,不知该从何说起。

怎么说,有时候或许强迫也是一种幸福。我伴着所有人的期冀,强迫自己坐在电脑旁,写着那些环绕在我血液里的不知名的情愫,落下的一个个文字都像是曾经在我血液里最活跃的细胞。是谁说写作就像慢性自杀,我想,总有一天我会陷入自己给自己设下的牢笼里,心甘情愿地被圈养。

我想我只有在别人的书里,才可以捡起某些我散落在时间长河里忘记拾取的东西,那些有人和我一样也共同经历过的曾经,哪怕我们错身在不同的时间、不同的地方。

身体的某个地方突然就这样同心脏一起疼了起来,那种类似共鸣的振动和嗡嗡声在我的耳廓响起,我茫然地抬头却找不到任何一个在发出声响的物体。心脏难过得喘不过气来,呼吸就在越来越稀薄的空气里逐渐消失。有时候我反而会屏住气——没有任何声响的疼痛总是让我有一种偏执的喜爱。

也许是生理性的疼痛,所以传达到泪腺之后,我的眼睛里有什么东西渐渐溢满,然后再也承受不住,落了下来。我也不知道我为什么哭,只是身体左边的那个位置淡淡的疼让我痛不欲生——窒息的心塞。

疼痛过后,世界总给我一种恍如隔世的错觉。

那种故地重游都无法体会到的压抑和悲伤,那种物是人非都无法发泄的惋惜和迷惘。

有时候我也在想,哪种表现更像是世界末日,是慌张无措、手忙脚乱,还是沉默不语、独自彷徨?应该是后者吧。人在被判以死刑的时候,心里往往都不是悔恨和害怕,而是默默接受和无言等待。

没有什么比死寂更像是末日，仿佛万物无声的落寞和绝望。

以前我总以为，这一生会很长。

在我过第 19 个生日来临的时候，我心里莫名地恐慌。不知不觉已经 19 岁，记得的却还没有经历过的多。记忆里都是往昔定格的时光，那些不停播放却无法抽取的时光。恍惚间，19 岁的记忆都快要被岁月斑驳了一样，透着无力和一层快要熄灭的光。这个我最后可以任性的年纪，都要在一段时间后和我挥手告别。

像是又回到了小时候那个脆弱却又自以为是的年代，我在束手无策中因时光流逝而变得不堪一击。

一刹那，整个世界仿佛都回到了我刚出生时的陌生。所有的一切都在失去后让我们开始追悔莫及。

想象一下，在无措间被一把匕首插进胸膛的痛感，那是先凉后疼的空洞和不敢相信。

不是什么都来得及，也不是什么都挽救得起——那些我失去的，那些离开我的，那些我赶走的，那些我错过的。

要怎么去活呢，忍着痛，咬着牙，用沾满鲜血的双手握住刀柄，用力且平稳地把匕首拔出来，扔在一边，装作什么都没发生一样。拿纸巾擦一擦沾染着鲜血的手，骗自己说什么相安无事。

许嵩说，人从出生的那一刻起，就有死亡的倒计时。

倒计时啊，那个我扳着手指细数的时光，那个我笑着哭过、哭着笑过、悔恨着、痛苦的时光。

得到的，失去的，那些年。

我爱的，我恨的，那些年。

我追忆的，我逃避的，那些时光。

是谁在我的身旁坐下，温柔地把我揽进怀里，轻轻拍着我的肩膀，告诉我，不要怕。是谁脸贴着我的脸，左手拉着我的右手，天真地比画着最幸福的模样。是谁给我怀抱，告诉我勇敢地看向远方。

那些清澈的时光。

那些未顾及的梦想。

那些在时光里的人影幢幢。

那些梦想里的信仰。

我也不是我坚强的样子

我还是学会作茧自缚了。我知道,我的一切虚张声势,不过是掩盖我内心自卑和逃避的华丽装饰。

仰光（三）

我想也许每个人都曾坚强过，只不过大部分人在时间的折磨下丧失了原本对于自己的热爱，所以心甘情愿地低头了吧。我知道，高傲不是个好东西。如果我在一开始就低下了头，那么我永远都有权利在以后的任何时间里，做那个我在最开始就已经做过的动作——低头。可惜，我终究还是选择扬起了头，却再也没有理由放下。

但是高傲又有什么用呢，我深知我的尊严在我装腔作势的高傲里被脆弱折磨得不堪一击，到最后我甚至连尊严都丢了，我还用什么来欺骗自己我是一个骄傲的人呢？没有了。脆弱永远是挺直脊背的天敌，我在不知不觉中就早已经被脆弱打败，可是我还是装作一切都没发生那样，固执地在所有人面前表现得那么出众，然后又在丢了尊严之后声嘶力竭地想要一个公平——是的，公平，我明明知道我在最开始的时候就没有给自己留一丝余地，何必再去奢求什么呢。

每次想到飞蛾扑火我总会联想到奋不顾身，那个明知道死亡却还坚定不移地向前走的信念有时候让我恐惧。到底有什么在火焰中彻底化为灰烬了呢，我想我们都清楚。

所有人都会在做一件事情的时候找出来一个看似抚慰别人，实则安慰自己的理由来说服别人，同时在心里暗暗地说服自己——我多善良。

也许我们都是这样的人：总是善于掩盖自己的罪恶和脏，用自身看起来纯洁无瑕的那一面包围住自己所有的不堪。可是，到底是好是坏，每个人分得清楚。我知道我不够好，甚至连好都说不上。我自私，我任性，我甚至无理取闹；我骄横，我无理，我甚至暴躁无常。我知道我的所有缺点，甚至连在显露这些缺点之前，我就已经知道自己将要做什么了。可是我还是纵容自己发泄出来了，没有任何隐藏地、不顾他人情绪地、毫不顾忌地伤害着所有试图靠近我或者已经靠近我的人。到底是我心里知道她们会宠我，还是我原本就清楚，她们宠的是我爱我自己。

我想我真的是无药可救了，所以才在绝望中一点一点地学会了怎么去欺骗自己。我总是告诉自己，会好的，她们会回来的，我是对的，没人可以挑战我的。于是自满和不要命的伪装终于占了上风，开始不顾一切地把我脆弱的本体包裹在一层坚硬的茧中。我还是学会作茧自缚了。我知道，我的一切虚张声势，不过是掩盖我内心自卑和逃避的华丽装饰。

我现在承认了，可不可以？有些时候，承认这个东西就像是在揭伤疤，承认得越仔细，那个伤口处的痂就越是揭得慢。总有些人会在痛苦的同时享受着揭伤疤所带来的窒息感，比如，我自己。我想，有时候我是需要歇斯底里的吧。那样我就可以把所有的苦痛和折磨都抛出自己的身体，然后精神愉悦地活着。可是谁让我在最开始的时候选择了仰起头呢，那么所有的一切还是自己吞吧。

我现在在看书，午睡起来的时候喝了一瓶水，由于方便，我把空瓶子放在了窗台上。就在两个小时前，我为了让自己睡得更舒服些，我把窗帘拉了下来，以阻隔窗外明亮而刺眼的阳光。夏天那正在猖狂的热浪把我的窗帘吹得沙沙作响。这样的午后正好适合看书，带着一点慵懒的疲惫感，把神情恍惚的自己投入书中才能有永恒和美满。风大了点，窗帘的响声越来越大了。我艰难地抬起头，看着前后摇晃的窗帘，以及在它旁边岌岌可危的空瓶子。我知道，过一会它一定会被窗帘的前后摇动打落下来，落在地上，发出脆耳的响声，哦，甚至那声音还会吓我一跳，毕竟我真的不知道它在什么时间会掉下来，而掉下来的那个时候，是不是我正在如饥似渴地投入着看书。于是我也只是盯着它看了一小会，便又低下头去看书了。我没有把它从窗台上拿下来，我在等，等它掉下来的那一刻，等它吓得我心惊胆战，然后我恼怒地放下书，把它从地上捡起来，放在窗台上，又装作什么都没发生一样继续看书。

啊，这个过程真像飞蛾扑火的整个轮回。前面有飞蛾在飞，茫无目的地，却又一心一意地向前飞。我看着它飞，停留在原地。我看它撞进了一片火红，然后再没出来。我甚至看见了它扑进火里的那一刹那，它变成灰烬的样子，散落在火焰里，不知踪影。于是我整装待发，学着它的样子，向着火焰扑去。我知道，我也会像它一样，变成灰烬，再也飞不出来，我甚至还知道，我的身后，无数的和我一样的飞蛾，也在看着我。它们将学着我的样子，一股脑地飞进火焰里，变成和我一样的灰烬。于是我靠近了，我感受到了火焰的炙热和那种从身体里拉扯的痛。可是我没有停下，我还是扑进去了。然后，我在生命最后一刻的时候，感受到了我灵魂的样子。

她终于还是受不了了，甚至进门的时候连门都没有敲一下就走了进来。她应该是听见了空瓶子落在地上的声音，所以以为我出了什么事吧。我记得以前，一次我受伤了，她和我说，每个人都有想当然的权利，哪怕是自作多情。现在，或许又是她自作多情了，毕竟我一点事都没有。

她抱起了蜷缩起来的我，以及那个漂浮在半空中惊慌失措的我的灵魂。她看见我手里的书，问我是不是又乱想了。我点点头，却没有说话。然后她接着又像上一次那样，悲悯地，甚至语气带着慈爱的感觉和我说："每个人都有在自己失落的时候当坏人的权利，尤其是你。"

我张了张嘴，却依旧没有发出声音。

我知道，她就是那团火焰，而我就是那只飞蛾。

仰光（三）

沉默的琥珀色时光

最难过的不是做梦，而是梦醒后还依旧空洞的房间，你还是你自己。心脏莫名其妙地疼痛，你也只能侧身蜷缩地抱着自己，只有这样，才会让自己觉得更加温暖些。那些梦里的冰凉和失望，将在黑暗的又一次吞噬中变成梦里的另一个恶魔，心里不变的凄凉和落魄，带着梦初醒的劫后余生，比任何时候都孤独。

仰光(二)

要怎么去定义惺惺相惜。我想，那应该是熟悉，我们在别人的身上发现自己的影子。

我有时候在想，我们所生活的这个社会到底是一个什么样的社会。以前认为的样子现在却在脑海里变了个样，大人们说的物欲横飞和争名夺利还是让我在看到一丝丝温暖后被心底那一抹最善良的体谅遮掩了。越是长大就越是懂得珍惜，那些失去的东西我知道再也无法找回，所以才更加拼命地想要抓住身边每一个还在的人。

我总是在怕。如果，如果我明天就发生了意外，今天却在和我心里最在乎的人闹别扭；如果我明天真的失去了什么，我会不会怪自己今天没有牢牢把握；如果那些我曾经在最颓废时留下的梦成真了，我会不会真的像悬崖下的孤寂一样，眼前都是来不及。那些未发生的未来，对我没有任何善意可言。

越长大就越是怀念，那个我曾经未好好把握的18岁，那个放眼望去都是校服、脸上带着刚刚战胜完英语题的自豪和幸福的年代；越长大就越是沉默，心里所有的想法都被距离卡在喉咙里，吐不出来，咽不回去，锋利得像一把刀,慢慢地磨损我们的语言。我想我再也回不去那个年代,心情不好就可以放下手头所有的作业,戴上耳机一个人在后操场漫步;我想我再也回不去那个年代,我和朋友嘻嘻笑着讨论着我们自以为讨论不完的话题。可是,一转眼,身边的人都被大学分隔在天南地北。这时候,我们才发现,原来当初讨论的话题不是讨论不完,而是我们都更加愿意把自己的时间拿来和身边的人分享,所以时间才被拉得那么长,长到欺骗了所有相信了它的人。

谁又和谁一样呢。

我知道,哪怕再相似,也仅仅是熟悉而已。没有谁能代替谁生活,也没有谁可以真真正正地感受到谁的生活。那些所有的苦痛和折磨,是这个世界施舍给每个人的公平和特殊。没有谁生来就比谁尊贵得多,也没有谁比谁卑微得多。你也不是不会经历那些伤害和嘲笑,我也不是天生就该拥有那些讽刺和冷眼。

每一次回首往事的时候,心里都会有一丝丝的心疼。不是因为过去太不堪,脆弱到这样的不堪一击,也不是回忆太模糊,我悲伤到不能自已。而是每当我去回忆的时候,都觉得自己太过残忍。那些真真正正存在的、血淋淋的过去,总是被我在最需要的时候从身体最深处的地方拿出来,直到再在上面添几道鲜红的伤口,才又依依不舍地把它放回去。回忆总像是一种新的伤害,把我刚愈合的伤口又撕裂。我忘了是从什么时候开始感觉不到疼痛的,但是伤口每次撕裂的霎那,那种痛经神经深入骨髓的钻心难过,却令我记忆犹新。

我记得前段时间是谁问我,可不可以不要对自己那么残忍。

该怎么描绘那个我一步步成长的时间。无聊的时候翻书,看见小四那个简单却也不容置疑的句子:琥珀是最美的尸体。

第一次接触"琥珀"这个词,是在初中。那时候我只是一个只会感性的孩子,不会写,也不会说。身边是冷眼嘲笑和温暖包围的巨大的网,我却越来越迷失在游戏的世界里。那个不管你学习,不管你能力,只能靠时间和人品堆积起来的冷漠的世界;那个只要你强大,你就是老大的世界。那个时候,我的世界里除了游戏,就是书。

初中,语文老师是班主任,练文笔的方法就是让学生们每周写一篇文章,然后交上去,老师批改后,好的文章会在周一至周五的某一节语文课上,被当作范文给全班同学朗读。然后我就遇见了"琥珀",我第一次听就深爱上的句子。

我记得那时候的自己,满脑子都是名著里的价值观和世界观,所有的对错都清晰地罗列在我的面前不容我挑选。第一次读陀思妥耶夫斯基的作品,第一次那么近地接触罪恶。老师说,琥珀是深海里动植物死去千年凝结成的化石。

那个时候，小小的我，还没有完全地体会到"琥珀"在我生命里最深的含义。

我开始查字典，我开始上网"百度"，我找到了几乎所有关于琥珀的解释，我找到了所有我认为好看的琥珀的图片。那个时候，伴随着琥珀的，还有一个词——殇。

那个时候，琥珀像是我整个年华里最纯洁的梦想。

那时候我想，我似乎找到了比游戏更让我感动的东西。于是我放下了手里的名著，开始看小说。我忘了我看的第一本小说的名字，脑海里依稀记得那本书的故事情节，还有那些我第一次记下来的句子。那是我第一次接触"灼灼熠熠"，第一次接触"罅隙"，第一次开始用"彻骨寒凉"那样的句子。我开始拼命丰富我的词汇量，我把字典带在手边，记录那些我认为我爱的字，那些在我以后的年华里，可以改变我的一切的文字。

我想我最喜欢的写作方式，就是梦与现实的交织，那个真亦假，假亦真的泡沫。我知道我没有马尔克斯的能力，可以把《百年孤独》的结尾写成梦一场。那些我曾经刻画的人物，我不舍得把她们丢进梦的漩涡，让它们最终以最惨烈的方式消失在我的世界里。

最难过的不是做梦，而是梦醒后还依旧空洞的房间，你还是你自己。心脏莫名其妙地疼痛，你也只能侧身蜷缩地抱着自己，只有这样，才会让自己觉得更加温暖些。那些梦里的冰凉和失望,将在黑暗的又一次吞噬中变成梦里的另一个恶魔,心里不变的凄凉和落魄,带着梦初醒的劫后余生,比任何时候都孤独。

还记得我说过,每个人的双手并非不是沾满鲜血。我们到底杀死了多少人,只有我们自己清楚。那个最单纯的自己,那个怀着梦的自己,那个自私的自己,那个自爱的自己,那个连我们自己都不舍得下手的自己,死了多少次,才最终变成现在这样的我们,身体里流着冷漠的血液,嘲笑着身边所有的一切,包括自己。

我也在试着不残忍,用包容体谅的心对待身边的所有一切。可是越温柔就越脆弱,越脆弱就越想要变得坚强。所以我又像那个最初锋利的自己一样,变得更加凶残。

那个不堪一击的模样,我们谁都不想要。

愿孤独致死重生

在最初,当它们在天空中与冷空气达成协议接受条件的时候,它们就已经默许了降落的一切后果。它们选择被我们选择,然后接受。这像极了我们的成长,经历相似得让人想哭,毕竟命运相同。

在生命停止前的13秒,我听见了灵魂和灵魂的对话。

仰光二

  有时候孤独真像是余梦初醒后的下意识,你还没有从梦中完全醒来,可是你在潜意识里明白你已经回到了现实生活。恍然大悟不一定都是欣喜,当你彻彻底底明白一件事的时候或许也正是你自我毁灭的开始。

  怀念的开始是你知道有人在想你。所以理所当然地你开始像别人想你一样去想别人,然后旧念就像是慢慢铺展开的一条路,你抬眼望去尽是悔色。那些随时间流逝悄然离开我们生命的过去不是警醒,而是审判。在你总是想要怀念过去的时候它就为你背负上十字架,让你看到自己哭泣,自己忏悔,更形象地说,是赎罪。所有时间教给我的东西,都像是一切需要在成长过程中不断弥补的过程,我不遗余力地进行着"拆东墙,补西墙"的行为,还不自知地嘲笑别人这样的行为有多傻。

  或许人都是需要绑在十字架上,面临被火烧死的危险时,才可以真真正正地去忏悔的。哪怕是一瞬间恶意使然的咒骂,都让人心生愧疚。你永远都不知道你在别人心里到底有多厌恶,就像你永远都不会知道你在别人心里有多善良。所有的善意都是自我理解后的表达,你认为谁对你很好，你就会对谁很好，讽刺的是，行为和心理永远都不相称，除非对方表露，否则你永远都不会知道在对方心里你是否真的像自己理解的那样善良。

南方下雪了，这是我第一次遇见。

漫天的雪花像是被上苍无情抛弃了一样，纷纷扬扬地掉下来，却没有人愿意接。南方下雪真的很冷，冷到没有人想去怜惜那些雪花。而碰巧的是，大雪赶上了英语考试，除了行色匆匆，我再也没从他们任何人的脸上看到其他多余的表情。在伞下，我清楚地听见雪花夹杂着碎冰砸在我伞上的声音，那么清晰。不知道为什么，我第一次想用淅淅沥沥来形容雪，但是这雪真的很像雨。北方的雪轻飘飘的，落在你手上除了冰凉的感觉之外别无其他，唯一提醒你已接住雪的就是那一丝丝冰凉。而这南方的雪——你明明看见它是以雪的方式在下，可是打下来却像极了雨。并且不如北方的是，南方的雪并不密集，零零散散落下来，一块块白。所以就在那一瞬间，我突然想念起了北国的冬天，那个连下雪都可以很美的地方。满世界的白色让人不敢打扰，甚至连抬脚都像是对纯洁的一种亵渎。比审判还要迅速，在你还未背负上十字架的时候它就已经宣布了你有罪。

在这样一个神圣的国度成长，怎么不会有精神洁癖？所以我心安理得地在心里宣布了南方的雪的罪名——亵渎罪。是的,连下雪都像是对雪的一种侵犯。

我想象过的最孤独的绝境是在北国的悬崖,覆满了白雪。站在悬崖之巅的时候,我的眼里除了无尽的白,便是无尽的无尽。悬崖深到看不见底,黑色的空洞在白色的照亮下一点都不会令人害怕。漫天飞舞的雪花像是一个个无归的灵魂,而我即将成为它们中的一员。

我也曾问过自己,到底什么才是真正的归属感。后来我告诉自己,归属感就是你可以在一个地方、一个群体中,找到自己的存在,感觉到自己的存在,并且为这个群体而奋斗一生。紧接着,在我漫长的四年生命里,我找到了我为自己创造的归属。可是这并不等于完结,我想我真正的归属是无寂。

人从一出生开始,就是死亡的倒计时。这是我偶像说过的我最欣赏的一句话。不管你未来的生活多么多姿多彩,也不管你是否有勇气面对接下来的生活,你总归是要死的——带着你满身的荣耀,或者带着你从未背叛的孤单。殊途同归,你就是活得再不一样,你死了以后和所有人还是一样的,哪怕方式不同,每个人的选择不同,你唯一选择不了的就是死亡。

每一个在完结生命后的灵魂都会随着过往的风飘落在世界各地,没有人知道他们死了以后会去到哪里,又会不会有人去寻找。生前就不知道未来,死后依旧迷茫。我们的灵魂从肉体出窍，被一点点托起，直到再也看不到所有，你的视线里只有无尽的蓝，然后你被收入云层，等待着下降的时机。可能几年，可能几十年，终于有那么一场冷空气遇到了你所在的云层，找到了你。于是你接受了下降的条件，你允许它们支配你。这一天终于来临，你伴随着其他接收条件的灵魂一起乘冷空气落下，风不知道将要把你带向何处，而你也不知道你真正降临的地方到底是海洋还是陆地。

　　这就是我真正看到的，在悬崖之巅，仰着头看着所有漫天飞舞着的雪花，想接，却不敢接。我怕打扰他们落地的夙愿，我怕影响他们生根发芽，就像我怕我将要纵身跳下，身后的悬崖下我的灵魂也会像它们一样，被影响，被打扰。既然人在最开始的时候是孤独着来的，那么必将孤独地走。上天对谁都很公平，只是我们不知道珍惜。

　　我向前挪了一小步，地面上的雪花被我不小心移动飘落悬崖。我闭上眼，深呼吸，在心里向那些雪花忏悔。我又往前挪了一小步，又是一片雪花被我带下了悬崖。我拼命让自己忍住哭的冲动，可是无济于事。几片雪花掉进了我的泪里，并随之融化，滴落在地上的雪中，消失不见，却留下了一个小坑。我不知道为什么，为什么人连死的时候都会对身边毫不起眼的事物犯罪，那些掉落悬崖的灵魂一定很难过吧。

纵身悬崖的那一刻我心里什么都没有想，脑海里闪过的全是往昔我不愿想起的画面。离别、决绝、无措、难过、孤独一人，甚至连哭都不想让人看出脆弱。我知道，那个人是我。我看见天空中落下的雪花跟着我一起下降，跌落悬崖。它们掉在我的眼睛里，润湿了我的眼眶。就在那一瞬间，我释然了所有的罪。不管是不是我带动那些原本在悬崖上的雪花掉进了深渊，也不管它们是否愿意。在最初，当它们在天空中与冷空气达成协议接受条件的时候，它们就已经默许了降落的一切后果。它们选择被我们选择，然后接受。这像极了我们的成长，经历相似得让人想哭，毕竟命运相同。

在生命停止前的 13 秒，我听见了灵魂和灵魂的对话。

"你愿意升至天空，等待重生吗？"

"我愿意。"

"那么跟我来吧。"

荒芜未果的白色

身体上那个被撞开的洞又开始蠢蠢欲动，周边的白似乎被吸引似的，慢慢地，慢慢地从墙上融化，然后聚合，覆盖了我的整个空洞。我的呼喊声被淹没，我像一个溺水者，挣扎着，却又认命似的接受。

仰光（二）

忘记了当初是谁和我说，如果难过了那就安静地过，哪怕心底开出大朵大朵白色的寂寞。我安静地躺在床上，不知所措。

我总是觉得下午 3 点的阳光刚刚好，明亮却不会让人忧伤。但或许是因为冬天的缘故，灿烂的阳光总是给人一种苍白的感觉。我看见毫无杀伤力的光照耀在窗外的柳树枝上，惨淡得有点像傍晚的夕阳。枕边的手机里正单曲循环播放着邓紫棋的《泡沫》，记忆里冬天的绝迹无声像是不甘心被遗忘一样，拼命地冲击着我的视觉，在我的脑海中一遍又一遍地浮现。

印象里，冬天似乎就应该是懒洋洋的、没有活力的，仿佛一个已经垂死挣扎过想要生存的人已经绝望地自暴自弃一样，一种腐烂味道的荒芜就这样淡淡地弥漫在我四周的空气中，我不停地呼吸着，任它进入我的身体，控制我的行为。

绝望的感觉总是会令人异常兴奋，那种存活概率几乎为零的生存空间把人折磨得死去活来。我像是一个得了白血病的病人，在白色的、空荡的、还带有医院独特消毒水味道的房间里一个人慢慢腐烂。有好几次我都会从睡梦中惊醒,看着眼前墙面上的白在黑暗中还是那么显眼,然后它们聚集了起来,张牙舞爪地冲向了我,冲进了我的身体,在我的身体上撞开了一个巨大的洞。白色的、寂寞的空洞填补着它们偷袭我的战果,有那么一瞬间,我感觉我和寂寞之间发生了透明的错位。

有时候我会想,或许是在乎的太多,又或许是付出得太多,所以我不舍得。我努力维持着每一段快要破裂的感情,就像在努力维持着自己的生命一般,痛苦地,却毫不费劲地。

"不要丢下我。"我说。

"你说什么?"

"我说……我说慢走,不送。"我不敢抬头。

"嗯,那么就这样好了。"

黑暗中,一个人影渐行渐远。我不知道为什么黑暗中我可以看见她的轮廓,我不知道哪里来的光亮,但是我确实是看见她走了。或许她有想过留下的,或许只要我再重复一遍我第一次说的话,她就会留下了。

但只是或许罢了。

我不会那样做,她也不会。

我自以为是的自尊心,还有那该死的逞强。

最近似乎总是喜欢用"该死的"这个词,不知道为什么,或许它可以帮助我表达我心里那块黑暗地方的声音。有时候我是真的希望那些东西都死亡的。

坚强,勇敢,宽容,追求,理想,大度……那些让我讨厌的、披在人皮表面的虚伪。大人们总是说,当你不再调皮,变得沉稳、懂事,为他人着想的时候,你就长大了。其实不如说,当你学会伪装起自己感情的时候,你就成人了。明明不喜欢,明明就厌恶,还要装作一副我懂你,我理解你的样子。把什么所谓的不知道是否扭曲了的"三观"拿出来炫耀。"我们不是一个世界的人,虽然我懂你在说什么,懂你现在的感受。相信我。"

相信你执着的表演,还是什么?

装作自己很伟大的一副样子,需要承受多少倍的伤痛。我一直在努力探索。

我以为我已经忘记你了。在谈论你的时候面无表情,在回忆你的时候无动于衷,可是当我再次看见你的名字跳跃在我的眼前,我的心还是忍不住跳漏了一拍。那些我曾经以为没有深爱过的过往就这样以一种直截了当的方式残酷地告诉了我这么一个事实。我多么想要忘记你啊,我多么想要忽略心里蠢蠢欲动的对你的关注。

我不知道是等待这个过程让人感到绝望,还是等待这个词本身就令人感到绝望,我在等待的过程中反复地死,反复地活。突然就有那么一瞬间,我害怕了:如果哪一天我等不起了,那要怎么办呢?我是多么多么想要信守对你的承诺。

无关解脱,只是洒脱。

胸腔中一股莫名的情绪随着痛苦慢慢酝酿成一种难过,渐渐地笼罩了我的整个身心。每次难过的时候,我总是这么无助。我只能安静地坐着,让身体里的悲伤渐渐随着血液稀释,慢慢淡化于无,然后重新掌握自己。

北方的冬天,干燥得总让人觉得无比萧索。我一个人站在空无一人的小巷,不知道该何去何从。无限的空旷再一次袭击着我,难过就这样不知不觉地在我体内重新生长。

我似乎又像是一个白血病患者了,悲伤总是在我很快乐的时候像血一样从我的身体内喷发出来,我看着眼前一点一点的猩红,却再也不想拿纸去止。我任由它流,直到我失血过多,被送去医院急救。

真好,又是大片大片纯洁的白色。

我多么希望那是一场梦,哪怕我被淹没,哪怕我粉身碎骨,醒来我还可以没心没肺地接着快乐。我真的以为我把你放下了,可是不知道为什么,在看到你的名字的时候,我的心还是尖锐地疼了一下,哪怕仅仅是一下。

空白已经填满了我太多太多的空洞,我看到难过又在我的身体里生根发芽了,我木然地看着窗外的柳树,看着风轻轻吹过,看见街上依旧空无一人,冬天依旧萧索。

仰光(二)

从梦中醒来的时候,正是下午4点。我抬头看着窗外早已不知道躲到哪里的太阳,依旧安静。灰蒙蒙的天空压抑得让人有些喘不过气,我尽量深呼吸想要把身边的氧气全部呼吸进自己的肺里,以供自己勉强活着。床头散落着一个小时前我还看过的报纸,微弱的光线透过窗户进入房间,昏暗得令人颓废。

身体上那个被撞开的洞又开始蠢蠢欲动,周边的白似乎被吸引似的,慢慢地,慢慢地从墙上融化,然后聚合,覆盖了我的整个空洞。

我的呼喊声被淹没,我像一个溺水者,挣扎着,却又认命似的接受。

过去过不去都会过去

Past Time

其实让人难过的不是拥有过后的被抛弃,而是在拥有之前就已经知道被抛弃的结果,却义无反顾。

仰光三

听悲伤的歌是不是都会难过？为什么我的内心如此平静，平静到投一颗小小的石头都会波澜壮阔？

昨天我怀念的今天都忘了，今天我将怀念的我还未想起。时间就在这进退不得的夹缝里苟且偷生着，一点一点地溜走。

我承认，我是一个不会表达的人。我不知道该怎么表达我爱你就像我不知道该怎么表达我想你一样，思念仿佛永远都是另一个时空的故事，我爱你就像英语里的现在进行时。什么时候会变成过去完成时呢，我常常这样想。终究会过去的吧，没有什么不会成为历史。

其实让人难过的不是拥有过后的被抛弃，而是在拥有之前就已经知道被抛弃的结果，却义无反顾。

或许我们曾经都有过类似于飞蛾扑火的经历，却在一次次的浴火重生中懂得了保护自己，学会了伤害别人。

总会有人在学飞蛾扑火的时候迷失自己，我一直知道。

最近身边的朋友迷上了"潜规则"这一个话题。哪个三线明星是靠着"潜规则"才演的女一号，又有哪个比赛中选手和导师不为人知的那些事儿……五花八门。甲说：

"嘿，你们知道吗，最近传出来的一个消息……"立马就有三四个人围上去，七嘴八舌地讨论："知道知道！""我也听说了！""天呐！好恶心！"

而也就是最近几天，我被告知高中的一个非常要好的朋友在献出了自己的第一次后遭遇男友残忍的分手。电话里她哭得撕心裂肺，她说她自己脏，根本没有脸再来见我。我口头上好生安慰，心中却有些黯然。

我不知道该怎么定义"脏"这个字。不干净，还是什么？或许是等待，或许是执着，或许只是青春时期的偏执和走投无路，然后呢，变得一无所有。

有时候无能为力也是一种伤痛，愈合不了，治愈不全，根芽留在心里随机待生。我常常会一个人闭着眼睛想，那些被人世百态伤害的她们，现在是否像我为她们难过一样独自难过。可是难过了又能怎样呢，我只能坐在这里安静地悲伤，却束手无策。

当你开始忐忑不安，当你开始为一种名叫无能为力的事实而伤心难过，那么失去又算什么。

没有答案。

感性的人都死得早。这不是科学统计，只是我个人单纯的逻辑推断。一个感性的人担心的事和承担的东西要远远超过一个理性的人。感性的人有一个弱点，就是与别人相处中过于敏感，容易让自己受伤。她爱上一个人就会不顾一切，烈情、奔放，忽视现实的考虑。而且，感性，就是凭感觉做事，往往不考虑对方的感受、感觉，往往容易感情用事，自己的思想感情对事物起主导作用，总结下来就是容易失控。而理智这个东西，要怎么说呢，说它好，也不好，说它不好，但它是一个优势。理性的人是站在相对客观的立场看待问题，自己的思想感情对事物的影响比较小，不会意气用事，而是就事论事。他们不会关心体贴、不懂浪漫，给人冷漠、不好接近一样的感觉。他们往往喜欢遵守一定的规则，愿意把自己放在一个特定的框架里，认为凡事都是有逻辑的。比如找伴侣，他事先会在心底设定一个大概标准，只要有一点不符合就觉得对方不是自己喜欢的类型。总结下来就是容易控制自己的情绪。冲动是失去理智而疯狂的行为，而当一个人承受过多的东西却无法合理地排解，那么久思成疾，生命终会在郁郁寡欢中逐步凋零。

其实，没有人在一生下来就无坚不摧，也没有人在一生下来就冷酷无情。要怪就怪这个世界吧，把那些我错以为是真善美的东西变得丑陋和不堪。我在越来越多的压迫下屈辱叹服，我开始变得冷漠，我开始变得逞强，我开始变得口是心非，我开始变得软弱无能。

或许青春就是冲动，感性也好，理性也罢，明明我们在付出的前一秒还在做着思想的挣扎，下一秒却理直气壮地接受了所有的后果。

我决定给我亲爱的她写一点东西，一点就好。我想，这是我想对她说的话，也是我想对我自己说的话。"要如何心安理得，才可以在承受所有的内疚前勇敢地抬头。曾经毁你数年的人儿早已被时间风干，清晰的背影如今只剩熟悉的轮廓，倒不如放手，就此别过。青春既然付出了昂贵的代价，就要让自己觉得有那么一点值得。我们都需要一个借口给自己的难过找一个出路，不如就宽恕。"

如果曾经太难过，就宽恕好了。一切过不去，终究会过去。

回忆最宽容

我不知道害怕是不是一种懦弱,如果是的话,我相信我会第一个嘲笑自己。恋旧的人都是那么可怕:熟悉得让人陌生,沉溺得让人心疼。好不容易狠下心把一些东西割舍,却又在一个月后拼命怀念。是不是曾经得到过的都会给人一种还未走远的错觉,要不然人们干嘛要把自己弄得如此不堪。

仰光（二）

如果我们原谅时间了，是不是就是最宽容。

这个问题一直停在我的脑海，不曾离去。我不知道所有人是不是都会在时间的洪流里变得越来越胆小，但是我知道我是这样的。我开始变得害怕很多：失去，拥有，当下，未来，等等。不知道听谁说，感性的孩子记忆力都会很好，他们会记得谁对他好，谁对他不好。可是，一个记忆力很好的感性孩子要怎么面对失去记忆的痛苦呢？之后我又听说，忘记就是幸福。

我总是习惯一个人去走从前走过的路。看着熟悉的街道，熟悉的道路，以及那些早已被时间残忍地抛弃、也被我遗忘的陌生的面孔，我怅然若失。一条街道总是可以很长很长，那种看不到尽头的感觉有时候会让我惊慌失措。内心那个对于所有东西都想完全掌握的念头又开始放肆了。

我不知道害怕是不是一种懦弱，如果是的话，我相信我会第一个嘲笑自己。恋旧的人都是那么可怕：熟悉得让人陌生，沉溺得让人心疼。好不容易狠下心把一些东西割舍，却又在一个月后拼命怀念。是不是曾经得到过的都会给人一种还未走远的错觉，要不然人们干嘛要把自己弄得如此不堪。

忘了在哪里看到过这样的一句话:"有野心的人,总是可以有很多资本的,也总是以为不怕丢弃。"或许是这样的,一个有资本的人总是凭着自己良好的优越感理直气壮地在感情里索要着一切。可是为什么我好怕被丢弃呢?我好怕因为自己太过优秀而给爱自己的那个人太多的压力,最后对方选择放弃。是被丢弃惯了,还是什么,我摸不清原因。

前几天听一个曾经交好的朋友给我讲他的故事。上高中的时候他苦心追求的一个女生高考毕业后选择了出国,于是这段曾经艰难达成的感情就此破灭。后来我这个朋友考取了北京的一所大学,在那里遇到了他现在的女朋友,两个人现在已经打算毕业后结婚了。我问他为什么这么快就要决定终身的时候,朋友是这样说的:"原来我追的那个女生很高傲,我们俩在一起的时候她说一我不敢说二。后来遇到我现在的女朋友,成绩优异,相貌刚好,却会和我商量,听取我的意见,甚至有些时候还会听我的话。我愿意哄她、宠她,哪怕我们吵架,事后,是谁的错,谁就会第一时间给对方道歉。我喜欢这份宽容和安定。"

突然就明白了一个道理,爱情不是我爱你、你爱我就可以生活在一起,而是当两个人在一段恰当的时间遇见了同时愿意放下自己的骄傲和任性的对方,才可以就那样毫无怨言地生活在一起。听说爱情和婚姻是两码事,我想就是这样了。

每一个陷入回忆的人都会难过的吧。我总是可以天真地相信,那些所有我经历的,我产生的情绪,其他人也同样会经历并且产生和我类似或者完全相同的情绪。难过的时候我总会选择安静,而唯一可以让我安静下来的东西,就是读书。那种借着书本里主人公的灵魂游荡在一个又一个颠沛流离的故事中的失意和彷徨比我的难过更悲伤。那种认定了的接受和等待让我麻木。在读一本书的时候,一段文字就这样毫无阻碍地、尖锐地刺进了我的心脏,让我疼得掉泪,却也觉得深深安慰。

"在这个世间的生死离别中,最难的不是死别,却是生离。那些无数次在生离面前掉眼泪的孩子,长大之后倔强疏离,不肯让任何人轻易走近,但他们其实是最企盼有人走近的孩子,又是最容易因为一点不一样的好,就肯付出爱与忠贞的孩子。"有时候,一种刻意被隐藏的情感被人发觉、理解后总是会让人莫名感动。我们总是会羞涩于表达一些感情,觉得难以启齿,那些我们以为会被理解的行为和心理就在所有伤害和冷漠中逐渐被封存在了我们的心里,埋上了厚厚的一层灰尘。不是每一份理解都可以换来感动的泪水,但是每一个理解了我们内心深处埋藏最深的想法的句子,总是可以在第一时间刺进我们内心最柔软的地方,生根发芽。

黑夜似乎总是适合思念生长的。单色调的夜空黑得让人安静,偶尔点缀着的几颗不亮的星星,却也不曾影响它带给我的感觉。小时候听大人们讲故事,说天上住着好多的神仙,每逢有人思念远方的佳人或亲人的时候,他们便会帮助凡人传达他们的思念。此时此刻,前一秒,不,就是当下,错了,刚刚,我想你了。那么,远方的你,知道我在想你吗?

总有人说,一切的偶然都是必然。可是我真的只是那么不经意,不经意地经过那个路口,想起我们的曾经。那些被我们默认的习惯就这样随着时间不紧不慢地侵蚀着我们的意识。恋旧真是一道致命的伤,总是让我在以为我已经彻底地放下了一些什么的时候,不经意地,因为一些细节而又突然让我想起那些已经沉进我心里好深的往事。

该死的细节,该死的下意识;该死的记忆,该死的恋旧情结;该死的过往,该死的不能忘。

心里有道缺口,填补不满,越裂越大。我曾尝试着让它结痂,可是就在那个被称为伤疤的东西快要完全地长结实的时候,我又因为忍受不了结痂的痒而把它揭掉了。揭掉伤疤的时候,心口上重新长好的肉也被连着一起撕掉,我疼得倒吸了一口冷气,然后气喘吁吁。现实总是可以让人就那么安静、再无怀疑地接受了伤口无法愈合的借口。

我看见有点点红色的东西在我揭掉伤疤后渗出，于是，就那么自然地，我变得不勇敢。

其实描述一件真实发生的事永远都要比经历这件事本身还要痛苦。我由最初的一鼓作气变成了现在的再而衰，我看见三而竭在向我招手，远远的，却似乎只有一步之遥。并不是每个人都可以屏着呼吸去一点一点、清晰地面对过去。我看见我伤痕累累，我看见我强忍支撑，我看见我轻轻地抚摸着我的心痂，犹豫不决。

回忆，别想我。

Part 3

那些花儿

梦影孤单姓

夕阳下的长恨歌

独罪

花满楼，人未休

孤单是种保护色

我在人间彷徨

暖阳未必暖

我怀念的

梦影孤单姓

可能时间早已把我教训得体无完肤了。我终于可以默默地看着时间无情地把我的回忆带入洪流，却无动于衷。我想不是我害怕孤单了，而是时间让我产生了依赖，一种对陪伴的依赖。我迫不及待地在无尽的人海里寻找可以陪伴我的人，左顾右盼。

仰光（二）

晚上的天空总是可以很广阔很广阔，不是一望无际的那种，而是仿佛一个巨大的深渊。每当我的眼睛望过去时，总是会有一种想要陷进去的感觉，无法自拔。

我想我是一个喜欢黑夜的小孩。不知道为什么，黑夜总是能给我一种莫名的安全感。我的影子会在黑夜里消失得无影无踪，我的泪水滴落在地上也无人发觉，我的脚步走在路上悄无声息。世间所有的一切喧哗仿佛在黑夜里都会安静下来。

只有无尽的夜，无边的寂静。

我曾经无数次和许落讨论过关于孤单的话题。从早到晚，没日没夜。

我曾不止一次认为我和许落属于同一种人，是那种可以在黑暗中沉寂很久的人。哪怕外界再怎么喧闹，都与我们的世界无关。我喜欢和许落背靠背地坐在房间的一角，不开灯，就那么安静地坐着，谁也不说话。然后我们的世界除了黑暗便就只剩下黑暗了。

认识许落是在一个安静的午后。我在图书馆里看书，然后她就那么自然地走了过来，对我说："你好，我叫许落。"

于是我们就成了朋友。没有原因,没有过程,一切自然而又简单。

许落说:"暖,我多想就这样一直安静地活着,没有目标,没有梦想,不吵不闹。我想我们可以一起去日本的北海道看成片成片的樱花林,任樱花落满我们的身。我们可以去澳大利亚的墨尔本沐浴暖暖的日光浴,安逸地坐在沙滩上,享受安逸的时光。那样真好,那样真的好好。"

每当许落说起这些话的时候,她的嘴角总会上扬,挂着满满的笑意,仿佛那样的生活就是她的全部生命。而每次说话的时候,许落都会把头慢慢地靠在我的背上,接着就那样自然地抬头看着天空,满眼凄凉。

我喜欢和许落对着坐,任何地方都可以。我们两个面对面坐着,然后认真地看着对方的眼睛,一言不发。而似乎,每次都是我败下阵来,逃一般地转移我的目光。许落的眼睛仿佛是黑夜里的天空,让我忍不住想要陷进去。每次我的目光看进她的眼睛时,她眼睛里那些复杂的情绪总是会让我原本平静的心变得焦躁不安。我不知道为什么,或许是许落比我还要孤独的原因吧。

我总爱把自己关在房间里,不想别人进来打扰我。每当我的安静被人破坏,我会生气到无法控制。也许连我自己都无法理解我的偏激,那种想要破坏一切的冲动。我的安静仿佛是我平静的底线。

安全感仿佛是这个夏天我提到次数最多的一个词。什么东西都会被我扯出安全感来。走路没有安全感,听歌没有安全感,交流没有安全感,睡觉没有安全感,甚至就连我最爱的黑夜,都会给我一种从未有过的孤单。我怕了。

18年来我第一次为孤单感到恐惧。我以为我会跳出曾经自己为自己画的圈,我会走出自己为自己设的迷障,我会有一种新的生活:不悲伤,不张扬。可是,似乎我错了。我并没有走出那个安静的世界,而我似乎比以前还要深陷于其中。我愈加喜欢安静,却愈加害怕孤单。我两眼空洞地坐在自己的房间里,不知道自己该做什么,怎么做。

……

在一个明媚的午后,我在房间角落的书桌上看到了许落留给我的信。

白色的信封干干净净的,什么都没有。从信封里拿出的是一张纸条,上面用娟秀的字迹写着四个字——

不想不念。

一切就这么安静地发生着,时间在我的指缝中偷偷溜走,转眼已至傍晚。夕阳西下,染红半边天。

许落就这么默默地消失在我的生命里了,似乎是知道我讨厌喧闹,于是她走得那么安静。我反复地摸着许落留给我的信,直到四肢僵硬。最后我的生活还是回归正轨了。许落的走就像当初与我相识一般,安静,神秘,仿佛从未出现。

……

最近不知道为什么,我爱上了黑色墨迹的笔。当笔尖划过柔软的纸页留下一道道黑色的痕迹时,我的心总是会莫名地颤一下。我仿佛又想到了那些有许落陪我一起度过的日子,她干净的笑脸,飞扬的长发,然后我看着她坐在我身边写字,一笔一画地在柔软的纸上刻下那段不浅不深的回忆。

以前许落总是对我说:"暖,你的字真好看,我要学。"

然后我听见了四周大段大段时间沉默的声音,可是没有一片是属于许落的。

可能时间早已把我教训得体无完肤了。我终于可以默默地看着时间无情地把我的回忆带入洪流,却无动于衷。我想不是我害怕孤单了,而是时间让我产生了依赖,一种对陪伴的依赖。我迫不及待地在无尽的人海里寻找可以陪伴我的人,左顾右盼。

每当黑暗降临的时候,我总会想起许落。我想她安逸地靠在我的后背,和我背对背坐着,一起看天。然后那个巨大的黑洞就会把我们两个都吸了进去,让我们一起在黑暗里死亡。

我终于发现了我和许落的不同,虽然我们同样喜欢黑夜,喜欢安静,可是她真的是孤单的,那种一个人一直走一条路的孤单。她参与着无数路人的生命，却在最后都抛弃了他们，而我恰巧成了其中一个。

孤单的时候我总是会想，现在许落在什么地方。她是不是在像我想她一样在想我，她是不是在看大片大片的樱花落下，独自一人。她轻柔的声音总是不合时宜地在我想她的时候出现。

她叫我。

"暖，暖，暖……"

然后我对着冰冷的墙一遍又一遍地回答她。

"我在，我在，我在……"

每次回忆过后我都会觉得彻骨的寒冷，心脏处一种撕扯般的疼蔓延至全身。那个叫作悲伤的东西在我的血液里奔腾，于是我的眸里终于也出现了曾经许落眼睛里的那种凄凉，那种仿佛被世界抛弃的冷漠。

濒死的病态。

那张许落留给我的纸条在不久的以后被我弄丢了。不知道是我故意的还是真的忘记放在了哪里，反正它再也没有出现过。

时光哗啦哗啦碎了一地，我光着脚站在满地的残渣上痛不欲生。

夕阳下的长恨歌

其实世界上最残忍的是被依赖，那种实质的、被认可的、可以拥到怀里说归属的真实存在。得到后的失去永远比未得到要痛得多，这种痛，我永远记得。

那些我曾经以为属于我的都离开了。

不着边际的记忆刻画着最初欢笑的幸福。

叶被风带走，抛弃了树的痛，哪怕再细微，也刻骨。

是不是我们都忘了，当初说好的，谁和谁搀扶着共同走下去。明明说好那些属于我的，都去哪了？

　　我一个人走在没有路灯的街口，看着来来往往的人，也只能是看到他们的身影。黑暗覆盖了他们的面容，让我分辨不清谁是谁了。

　　说好的不再为你哭，却还是忍不住——林夕走了，带着属于我的眷恋，和她本人一样，悄无声息地离开了我的生活。

　　我不知道这是不是一种命运，生命在某一段时刻融进一个人，然后再在某一段时刻丢了一个人。这是一种平衡吗？对于林夕的离开我理应不难过的不是吗？可是为什么现在我好难过呢？那些如水般的记忆哗啦哗啦地流进我的身体里，浸泡着我的肌肤，冰凉的触感让我毛骨悚然，却挣脱不开。

　　回忆倒流，回到我们对彼此认真的那一刻，天很蓝，风依旧暖。

　　似乎所有的人都不懂难过，即使拥有过也把最初的幸福乐观地当作曾经了。到底有多少人是害怕回忆的呢？又有多少人想要紧紧把握回忆的呢？你不再属于我了。

有时候我不敢转身去看我走过的路，我留下的那些回忆，我挥洒过的泪水。痛苦往往不是别人带给你的，而是自己带给自己的。我反复地深陷在往日的回忆里挣扎、喘息，然后像所有陷入沼泽的人一样，慢慢地沉入回忆，无法自拔，直到死去。

林夕给我看过的最多的就是她的画。她拉着我的手兴奋得像一个小孩一样给我看她的沙画。我不知道该怎么形容阳光下笑得那么灿烂的林夕。

或许只有耀眼吧。

阳光洒在沙滩上、海面上，折射出七彩的光。林夕的笑容就在这些令人眩晕的光束里一点一点地浮现，然后完美地定格在我的脑海了。

林夕的画我总是看不懂，不知道为什么。似乎没有原因，哪怕她给我讲解她的画的每一个结构、每一条线，我还是似懂非懂。不过，林夕从来没有放在心上，第二天她又会来我的房子里找我去看她的画了，如此反复。

夜晚的海滩总是很美。月色温柔地洒在地上，深蓝色的海黑得让人莫名想要接近。然后林夕就会自然地依偎着我，任海风吹散她的长发，满脸笑容。

林夕总是和我说，夜晚的海色是她最喜欢的。我总是附和地点点头，然后安静地任她靠着。

那时候，无人打扰的夜晚总是会给我一种错觉：林夕是属于我的。或者说，这样可以拥抱着林夕的夜晚是属于我的。于是我心满意足，安然接受。

那种有归属感的安全感总是让我莫名地心安。

当你不急于去了解一个人时，当你以为有些东西的时间还很长时，当你心安理得地迷失在错觉中时，当你发觉原来的一切都是你的自作多情时，你失去的要去哪里找回呢？

林夕说，我一定是上天派下来送给她的天使。

我欣然接受。

在认识林夕的第45天后，也就是在我来到这个海边生活整整两个月后，生活开始变得像我印象中的那样，有了滋味。那本空白的书我已经描绘了3/4，近1/4的内容全部都有林夕参与，似乎不知不觉中，林夕已经成为我生活的一部分。

安逸的生活总是让人放松。

那天，和平常一样，林夕来找我，而我却看见林夕脸色苍白，没有一丝血色。她说，是贫血。然后不容我多想就把我带去海滩让我去看她画的画了。可是，出乎我意料的是，海滩上什么都没有。

"阿旭，你知道世界上最美丽的画是什么吗？"

林夕突然从后面拉住我的手，带我坐下。

"最美的？日出日落吗？"

我扬着脸看着身边的林夕,自以为这是最美丽的答案。

"啊,阿旭是笨蛋,最美的画是……"

"嗯?"

我看着欲言又止的林夕,满脸的求知欲。

可是我却没有在下一秒得到林夕的答案,我只知道她深深看了我一眼,接着就是沉默。

世界上没有比沉默还要可怕的东西了,因为它让我们忐忑不安,却又想推心置腹。

5分钟后,林夕慢慢将头靠在我的肩膀上说:"空白。"

大片大片的空白是我在这个世界上见到过的最好看的颜色,它给我那么多的幻想和欲望。阿旭你知道吗?曾经有那么一段时间里,我好想代替她成为你的全部。于是我就自己给自己描绘了一个有你爱我的世界。不得不说,那个世界真的很美,美到让我不舍得离开。或许你还不知道吧,曾经有过那么一段时间,我们还素不相识的时候,我趴在你家窗台前,看你对着你那一本空白的书发呆。然后我就想你会不会在那本书里描绘我,描绘我们,描绘我们的当初。

阿旭你知道吗?从小到大,没有人像你一样带给我如此大的幸福和满足。我可以和你无所顾忌地在海滩上一直坐到日出,我可以欢呼雀跃地带你去看我在空白里的构思,我可以那么任性地霸占你现在的每一分每一秒,我可以把你当作我的全部，我依赖的全部。

请原谅我的不辞而别。我只是不想看你想她想得那么苦。听说，死亡能隽永一切时光都不曾记录的当初，那么，请原谅我用这种方式让你记住我。卑微地。

这是林夕临走前留给我的信。伴随着信封的，还有一张医院的检查报告。检查时间是去年7月，检查者：林夕，患病：血癌。

再见林夕的时候，是在一个阳光明媚的晴天。天很蓝，风依旧暖。我看见了她。除了安静地漂浮在海上的她，还有染红了她白色衬衫的血红色，耀眼而惨烈。

并不是每一个人都有勇气放弃自己的生命。虽然是血癌，但是并不是晚期，还有很大的康复机会。可是，林夕却选择了这样一种方式留在了我的记忆里，挥抹不去。

我站在海滩上，一个人静静地吹着海风，记忆里全是愧疚。

其实世界上最残忍的是被依赖，那种实质的、被认可的、可以拥到怀里说归属的真实存在。得到后的失去永远比未得到要痛得多，这种痛，我永远记得。

那些我曾经以为属于我的都离开了。不着边际的记忆刻画着最初欢笑的幸福。

叶被风带走，抛弃了树的痛，哪怕再细微，也刻骨。

独罪

不一定非要用刀子把人划出伤口滴出鲜血才叫作伤害。每一个外表看似无辜的人,手上其实不知道已经沾满了多少人的血。我把手插进自己的胸膛,感受着里面血液凝固的温度,但还是不忍心地垂下了。骨子里的沉痛让我忘记了什么叫作悲伤和难过,那种钻心的锥痛如醍醐灌顶般令我突然清醒。

一件事，一种感觉，维持的时间长了，也就慢慢地变成了一种习惯。于是我渐渐地习惯了难过的时候把自己一个人圈起来，禁止任何人靠近。而除了孤立自己，我学会的更多的是靠自己。

　　或许所有人都尝试过这样的感觉，在你孤独无助、无能为力的时候你却指望不上任何人可以帮你，慢慢地，你变得冷漠，你懂得了做什么事都需要靠自己，你尝试摒弃所有的期盼和希望，只因为你知道了不要把希望寄予在别人身上，那么然后呢？

　　是从无望中挤兑出来的、孤注一掷的希望带来的无边怨恨。

　　我恨自己明明知道结局还奋不顾身地跳下悬崖，那个我渴望的，甚至是奢望的巨鸟并没有承受、接纳我孤注一掷的幻想，所以我摔得粉身碎骨，面目全非。我恨我失望的同时还要给自己覆盖上一层绝望的伤；我恨我自己不能再坚强一点，可以毫不畏惧地迎着所有的伤痛嘴角带笑；而最让我恨的是，我明明知道笑无法掩盖我承受的巨大痛苦时，我却也只能用笑来自欺欺人了。

我想我在睡梦中的时候是最脆弱的吧。所有的苦难和折磨都会在我未作防备的时候突然侵袭进我的脑海，缠噬着我的梦。我想我应该是在梦里丢掉过什么的吧，比如梦想，比如尊严。

　　感情真不是个好东西，我付出的明明那么多，却总是扮演着受害者的角色。当然，这只是一家之言。所有人在潜意识里都会认为破裂的感情绝大部分是因为其他因素造成的，比如时间，比如距离，再比如人心。我想我们都没错，错的是时间，错的是地点，错的是我们在错的时间、错的地点相遇，所以造就了今天这样错觉般的人生和画面。

　　看吧，我们像是为自己找借口而活一样。多大的事从我们的口中说出来的时候早已经失去了本来的样子。

　　她说她喜欢我，从两年前开始。我起初并不相信，毕竟这种纯粹的单相思在毫不相识的情况下维持这么久实属难得，我就是再自恋也丝毫不会有任何上帝垂青于我的荒谬想法。我知道，我没那么幸运。绝大部分人，都懂。

　　可是她仍坚定不移地告诉我说她没有说谎，而我也只是笑笑。

　　她总会在我一个人走的时候突然出现在我的身后，然后就那样默默地跟着，我不说话，她也不说话。起初我并没有把这事放在心上，毕竟青春期的女孩子的那种所谓的喜欢隔几天就会变。我想，她过几天也许就不会再跟我了吧。和她走在一起的极少数时间,我会兴致盎然地和她说那么几句话。你叫什么名字,家住哪里,初中什么学校,怎么认识我的,等等。大人们都说,在外面要做一个有礼貌的孩子,就是不喜欢人家也不要在脸上显露出来。哪怕是交集不深的人,见面了也要寒暄几句。所谓无关痛痒,无足轻重的句子和问题组成的看似熟络的对话。我总是相信自己可以从一个人的回答和表现中看出他的性格,好或是坏,轻浮或是稳重。而我相信,她一定是属于好孩子里那种比较稳重的女生。那就更不可能了,稳重的女生又怎么会喜欢我这样的人?

不要笑,所有人对于突如其来的惊喜和满满的幸福总是持有否定或者怀疑的态度的。长大了也就真的知道所谓"天上掉馅饼"的传奇不过是砸在极少数人身上的童话,我还没有自信成为那极少数人中的一分子,那就更不可能天真地相信会有一个素未谋面的女生喜欢我多年还一直没变。

可是她真的坚持下来了,起码超过了我的耐心限度。她跟着我回家跟了3个月之久。天知道她是怎么做到的,可她确实是这样做了,并且成功地打动了我。我想我是很容易被打动的吧,最起码我在自己曾经坚信的执念里恍惚了一下,所以我理所当然地背叛了我的固执和坚守,与它们陌路了。那个在绝境中艰难成长起来的希望的嫩芽在躲过我残忍的杀害后倒是变得势如破竹了。它毫不留情地挥斩着早已在我心中生根发芽的绝望,一路高歌。我知道我的心在融化,在她默默的、不求回报的付出中逐渐展露了全貌。一颗血淋淋的、正在为我的未来哀号的微颤的心脏正在生成。

于是,在某个像往常一样她突然出现在我身后的一天,我转身对她说,我们在一起吧。于是,就那么顺利地,或者说没有任何浪漫的表白和邂逅,我们在一起了。她和我在一起的时候总是小心翼翼,那种像是信仰一样被仰望的感觉让我极自满,却又带着深深的不安。我怕我被抛弃,就像当初我们在一起一样,自然得像是月亮越过了重重乌云后洒下地面的月光。

我总是在深深的孤独感中被一点轻微的情感感动得一塌糊涂,然后抛弃了梦想,抛弃了信仰,摒弃了所有的决绝和冷傲,自欺欺人地将自己义无反顾地投入一片虚无中,最后在伤痕累累中重新捡回自己,躲回自己世界的同时告诫自己只有孤单才是自己的保护色。于是我又那么想当然地把自己孤立了。

是的,她最后还是如我想象的那般抛弃我了。她面无表情地坐在我的对面,和我说着一声又一声的对不起。她说她对我没有感觉了,不知道为什么。但是曾经那种印刻在骨子里的执着和沉迷,都在没有珍惜的时间中一点一点流逝,直至消耗殆尽。我没有说话,就那样一动不动地看着她,看着她微笑,看着她端坐,看着她说我不爱你了,然后整个世界再也没有任何声音。我脑海里只剩下她最后一句话的简单重复——

我不爱你了。

我不爱你了。

我不爱你了。

那种天旋地转的感觉骤然间降临,我知道,我又恢复单身了。我僵硬地挺直了脊背,好像要把她的话听得更清楚些。而我总是在这时候才想起,尊严这个东西在感情里真的是一文不值。我承认,我疼了,我输了。

那种把尊严捡起来又践踏的快感,总是病态得让人想要不依不饶。我也一样。

不一定非要用刀子把人划出伤口滴出鲜血才叫作伤害。每一个外表看似无辜的人,手上其实不知道已经沾满了多少人的血。我把手插进自己的胸膛,感受着里面血液凝固的温度,终于还是不忍心地垂下手了。骨子里的沉痛让我忘记了什么叫作悲伤和难过,那种钻心的锥痛如醍醐灌顶般令我突然清醒。

或许是我忘了,那些隐匿着深藏在骨子里的悲痛不过是罪恶。潜藏在心底的对自己的辩护终是变成了折磨。

我活该承受。

花满楼，人未休

回忆跟随血液慢慢地在身体里一圈又一圈地循环，然后渐渐被稀释、被淡化，所有原来彩色的记忆片段渐渐地褪了色，慢慢地我的世界又回到了最初的黑与白。

仰光 二

最初的记忆混沌不清,我像个迷路的孩子迷茫地站在十字路口东张西望,想要找寻记忆线的开端。在记忆线终端的我被数不清的回忆压得有些喘不过气,我伸手求救,我大声呼喊,我努力挣扎却怎么也挣脱不了记忆的束缚。

一个人坐在空荡荡的宿舍,看着窗子外面耀眼的阳光有一刹那的失神。明亮的阳光透过窗洒落在地上,安静地、自愿地、仿佛自生自灭般在浅浅笑着傻子一样的我。

房间里四处充斥着像摇滚一样爆裂的音乐,架子鼓的伴奏一下又一下敲击在我的心上,微微有力地带动我的心跳。突然好怕,好怕下一秒音乐停止的那一刻,我的心跳也会随着音乐停止跳动。如果没有音乐,我想我会安静地死亡——衣着端庄,神情安详,嘴角带着浅浅的笑。这是我曾经幻想过的最安逸的死法,哪怕死亡,也给人一种满满的安全感。

真的,足够了。

安逸的环境总是可以让人的脑细胞变得不再活跃,所有的东西仿佛都是在放电影一样从我眼前一一经过,然后就消失不见了。渐渐地,我被这反复的动作搞得哈欠连天,不知不觉沉沉地睡去了。

我惊慌失措地看着周围失去的东西，面无表情。

梦里，继续挣扎。

……

是夜。我一个人行走在孤单的海岸线，看月亮倒映在水面，随着微波荡漾，摇摇晃晃。我盯了水面两三秒后，继续沿着海岸线行走，走了一会之后，我听见了呼救声，是一个女孩的。我急忙跑过去，看见那个女孩已经快要淹没在海水里，求生的本能让她下意识地还在伸手摇晃，希望有人可以看见。我没有考虑太多，急忙脱了外套和鞋子就朝她落水的地方跳去。

海水的冰凉在我身体刚刚接触水面的时候就已经敏感地传递到了身体的每一个细胞，皮肤上传来的一瞬间的刺痛让我混沌的脑子清醒万分。我打了个激灵，深吸了一口气，努力地朝落水女子游去，几分钟后我游到了她的身边，她已经有点神志不清了。医学上抢救人都是有一定的黄金时间的，为了不错过救她的黄金时间，我拽住她的一只胳膊，拼命地用仅剩的一只手划着水，向岸边游。

冰凉的海水像是有什么吸引力似的，在我身后的某一个地方拉扯着我，拉扯着我拽着的女孩，阻止着我的救援。于是我愈加拼命，我想与它抗争，我想上岸。

四肢酸楚的感觉在我离岸边不到20米的时候传来，我那条划水的胳膊疼到几乎抬不起来，我无力地用脚一点一点地向前挪。身上的衣服越来越重，厚厚的疲惫感从我大脑的中枢神经传达至身体的每一个部分，我坚持不住了。

我拽着的那个女孩越来越沉，越来越沉，我仿佛能感觉到从她身上传递到我身上的比身边海水还要冰凉的感觉。我知道，那是死亡的预兆。渐渐地，手中的女孩的胳膊变得僵硬，我知道，她死了。可是，我还没有上岸。

无力的感觉瞬间从四面八方袭来，不知不觉地我松开了抓着女孩的手，任由她的身体渐渐下沉，然后彻底消失在我的视线。我感觉到海水从我的鼻子里进入，接着是耳朵。我用仅剩的最后一点力量挣扎着，慢慢地将自己的身体放平，以至于身体不会特别快地沉下去。海水就这样反复地灌进我的耳朵、我的嘴，我上下漂浮着，像一条快要溺死在水里的鱼。

我的意识渐渐模糊，四周变得安静极了，有的只是海水灌进耳朵时候的咕嘟声，最后的最后，连灌进耳朵的咕嘟声都消失了，我整个人都沉到了海水里。

然后，梦醒了。刺眼的阳光晃得我的眼有些不敢睁开。有那么一瞬间，金黄色的光仿佛就是我的全部。

其实我以为我可以把什么东西都忘记的，时间带走了我太多关于过往的回忆，我连曾经最美好的东西都一起弄丢了。

其实我以为我不会因为你的离开而哭泣的，时间带走了太多我们之间的回忆，现实模糊得连我自己都看不清。

其实我以为我已经够冷漠了，可以不看关于你的信息，可以无视你的存在哪怕你再耀眼。可是我不知道为什么看见你离开的系统消息，还是会忍不住心疼。

我以为，有些东西是时间带不走的；我以为，有些东西是时间改变不了的；我以为，有些东西是时间打磨不平的；我以为，我是对的。幻想与现实之间的落差最终还是把我打败了，打疼了，打懂了。太多太多的不舍突然就在胸腔中爆裂开来，几秒钟的时间就把我抽干了。

你还是走了，我却没有预料到。

理想被现实一步一步打碎在时光匆匆的脚步下，有节奏地、不停息地碎裂着。这时候我才发现，原来自己什么都做不到。

看着你走，心疼、不舍、难过、不敢相信、自嘲、想念、委屈统统如潮水般汹涌袭来。

看见你的空间动态，难过、自嘲、恍然大悟、心酸，最后逐渐冷漠。他给你三年的包容和照顾，说真的，我比不上。有些时候我不该把自己看得太高。身体某个地方剧烈的疼痛反而让我更加清醒，那么，曾经我所在乎的、用命一样疼惜的东西，该丢了。

回忆跟随血液慢慢地在身体里一圈又一圈地循环，然后渐渐被稀释、被淡化。所有原来彩色的记忆片段渐渐地褪了色，慢慢地我的世界又回到了最初的黑与白。

2011年。

2013年。

两年前的夏初如同两年后的夏末，你不认识我，我不认识你，互不打扰对方安静的时光。

那么，一切，再见。

再也不见。

似乎越没有安全感的孩子越容易相信别人对他说过的话。以前我不懂什么是情感恶性循环，而现在我却真真了解了。越没有安全感越相信，越相信越受伤，越受伤越没有安全感，如此反复。于是我变得越来越脆弱，于是我变得越来越坚强。我越来越依赖别人给我的温暖，我越来越喜欢在我一个人的世界独活。我越来越害怕寂寞，我越来越喜欢孤单。

孤单是种保护色

回忆真是一个好东西,我突然这样想。我终于可以心安理得地躲在回忆里温习曾经的那些温暖了,不用怕受伤害,不用怕掉眼泪。可是我的回忆为什么满是潮湿?那种哭过的痕迹让我心惊。

仰光 三

　　回忆真是一个好东西，我突然这样想。我终于可以心安理得地躲在回忆里温习曾经的那些温暖了，不用怕受伤害，不用怕掉眼泪。可是我的回忆为什么满是潮湿？那种哭过的痕迹让我心惊。

　　我是一个残忍的人，我这样想。难过就那样一股一股地朝我涌来。18年里我到底伤害了多少人呢？以爱的名义，以不想伤害的名义。为了自我保护而丢失的保护，值不值得。

　　我常常陷在回忆里，就那样安静地想着以前发生的事情，走过我生命的人，我曾经轻许下的诺言，留在我心里的东西。听说时间可以带走一切、不舍、难过、思念、悔痛，然后我就看着我回忆里的那些东西逐渐褪色，褪成了我不认识的颜色。阿翎说，谁都有保护色。

　　我想念一个人，一个声音很萌很萌的女生，连生气都那么可爱。

　　回忆变成了什么，我不知道。但是我能想起的真的仅仅只剩下对方对我说的话，对方的音容笑貌，仅此而已。或许每一个人都是独特的，连说的话都是不一样的，可是意思都惊人地相似。

苏木说，她想陪我。

时间啊时间，是不是这个世界上最不容易老去的就是陪伴？为什么在那一刹那我双眼都是眼泪；时间啊时间，你是不是早就知道了的？为什么你当初没有告诉我，这个世界上最容易失去的也是陪伴？

苏木，如果当时我没有赶你走，那我们的结局会不会不同？我在这安静的午后独自想你，想起有你的那些日子，想起你傻傻的笑。你总说，会为我。

你有没有这样的时候：一句普普通通的话，有时候却可以在某一个特定的时间、特定的情绪下让你记忆犹新，喜爱有加。有的吧，我相信，至少我有过。前一阵子看《追风筝的人》，看到眼泪积满眼眶。不知道是不是我太过感性，但是我是真真正正地被感动了，里面有八个字，读得我心酸——

"为你，千千万万遍。"

情要到多深才能毫无他念地说出这句话，我不知道。

然后我就想起了我的小苏木，想起了她说的"会为你"。

为什么只有在关上灯的时候我才会想你，想你傻傻地叫我，想你傻傻地等我。思念被黑夜侵蚀，我的痛被传播到四面八方，不断扩散。

念无垠，恨无垠。

突然就好怕你会像我想你一样想我，那样我会多难过。

只是别怪我,这思念长而短暂。我只是突然好想你,然后就想了一下午而已。

而已。

隔壁家又是谁在弹钢琴呢,我猜不到。清澈的声音让人变得安静。苏木,你听过钢琴的声音吗?我想你一定听过,要不然你以前怎么会在我弹琴的时候一副如痴如醉的神情?一定是的,你曾经那么爱我。

我真的好残忍,就那样硬生生地把你从我身边割舍,没有挽留,没有恳求。当初装作宽容的我,还是伤害了你,只是现在我连自己都无法再次宽容。

我们总是因为一个小小的细节而突然意识到,身边的某个人已经不在。身体就像被一只无形的大手撕扯般难受,下意识地想起总是会比当初沉默地接受要痛得多。

"阿旭,我现在在海边。我心情不好,来海边散步好多了。这种感觉真好,自由、无拘无束。"我在电话的另一边听着你萌萌的声音,伴着海浪拍打沙滩的声音,好听极了。海啊,真的好自由。

苏木,你知道不经意有多痛吗?就那么不设防地突然刺痛,瞬间让我疼到窒息。让我想想死亡是什么感觉,应该就是无数不经意的刺痛连成的长长的、不见尽头的东西吧。我把窒息的那一秒无限放大到我再也无法承受,就是痛不欲生。你和我说的话总是这么不经意地插进我的回忆,反复地让我尝受痛苦。

我承认，是我的错。给我自由，好吗？

"你好，我叫苏木，你的新邻居。请多关照。"那天，你就那样俏生生地站在我面前，看着我目瞪口呆的表情，郑重地向我作自我介绍。

"阿旭，这个人是谁？你们俩看起来很要好的样子。"某天，你指着我和长歌的照片，一脸求知欲地问我。

"那个人叫顾长歌。她是我的好朋友，特别好特别好。"

"我怎么从没见过啊？"

"他去国外了。"

我们总是进行这种突然由你发起，最后又会以你的沉默结束的话题。你还记得吗？

那个时候，你抚摸着长歌走前送我的钢琴，爱不释手。

苏木，对不起，我是这么自私的一个人。自私到只顾自己，自私到失去理智。

我总是没有安全感，陌生的疏远总是会刺激着我敏感的神经，我以为你知道的，我想你应该知道的。我羡慕那种完全可以被我掌握的拥有。

越想得到的东西，是不是就会越得不到？越想拥有的东西，是不是最后都会被我们自己摧毁？我站在那个曾经我们两败俱伤的"战场"，后悔不及。

你开始和一个男生来往得很频繁，你叫他哥哥，你和他撒娇。我曾经拥有过的东西,你都毫不吝啬地也给了他。

赶你走的那天,你在我的门外哭得撕心裂肺,你说让你进来解释,不要这样对你。可是懦弱的我还是选择了充耳不闻。我想,你或许要和我解释你和你哥哥的关系,你或许会说不要误会,可是都是或许啊。哪怕我知道你百分之零点几的概率会说离开我,但我还是懦弱到不敢听你说。我怕你会说要离开我,我怕我会因为你的话而难过,我怕我会难过到心脏突然地刺痛,我只是怕我会疼。

当初因为害怕一瞬间的心痛而种下的恶果,我想只能我自己来尝。我在黑夜里还是会想起你,想起你曾经说你很爱我,然后痛到全身冰凉,彻骨寒凉。

原谅我的自我保护,那么自私地不管不顾地把你从我的身边割舍。那个时候,你总是可以装得很宽容。你总说,会为我。

我躲在潮湿的回忆里独自难过,温暖总是让人心酸到感动。曾经你给我的,都还在。

"我是苏木。"你说。

"苏轼的苏,树木的木。"你接着说。

"旭,我是你的树。我会为你遮风挡雨,会为你忘了自己。你快乐就是我快乐,不管多漫长的以后。"

我在人间彷徨

有些时候，那些尖锐的、疼进骨子里的彻痛往往并不是最致命的。最致命的是那些总在你不经意间就渗透进你身体里，让你感觉到一丝疼痛却又不会特别关注的伤茧。它知道你什么时候会脆弱，它知道什么时候爆发可以让你变得不堪一击，它知道你所有的弱点，时刻在等着你暴露伤口的时候给你致命一击。

仰光(二)

听着吉他拨弦时清脆的声音安静入睡,我想这是和钢琴的宁静无法相比的另一种享受。几个音符就可以把一首似乎有着灵魂的歌曲构造出来,这就是音乐的魅力。

听什么歌,有什么样的心情,我一直相信。现在我在听一首怀念从前的音乐,所以我渐渐与音乐磨合。

前几天,无意间在空间看见高中同学转载的一个动态,里面是一张照片。画面定格在我们毕业前的某一天,学校召集了所有临近毕业的学生去照毕业照。我的班级总是那么别出心裁:班长用班费租了一种解放帽让我们戴,帽子的中间是一颗五角星。于是我们班就这么特别的在其他班同学的注目下完成了这历史性的一张照片。

我不知道是不是所有人都和我有一样的习惯,对于那些已经远去的、曾经的记忆碎片,总会不经意地想要用手去抚摸,然后默默地难过。有时候我真的不知道岁月是个什么东西,夺走了我那么多的东西,却从来没有内疚的迹象,倒是本该后悔的东西都变相地被我们自己承受了。

知道为什么我们回忆里的东西那么温馨,可是我们还是一副委屈难过的样子吗?因为曾经拥有的幸福,我们只有在回想起来才会感觉到自己没有珍惜。曾经拥有的幸福，我们只有真正经历过，才知道现在已经无法得到。那种来不及把握和已经脱离掌控的痛，每个人都背负着。

是不是把所有的苦哭出来喊出来就会轻松，我一直在想。骨子里的安静不允许我这么做，所以我只能通过我的文章来发泄我的不开心和不安静。写作永远是一个可以使人安静的行为，起码这对我来说就是这样的。我想，或许我需要唱唱歌了。我只有把感情附在歌声里都用光了，才不会再去自作多情或者多愁善感地想一些事情了。

感情透支得多了就失去灵魂了。

我前几天得知，她离开我了。那种我再难过、再后悔都无法挽回的离开。

有些时候，那些尖锐的，疼进骨子里的伤痛往往并不是最致命的。最致命的是那些总在你不经意间就渗透进你身体里，让你感觉到一丝疼痛却又不会特别关注的伤茧。它知道你什么时候会脆弱，它知道什么时候爆发可以让你变得不堪一击，它知道你所有的弱点，时刻在等着你暴露伤口的时候给你致命一击。

有些回忆，回想起来总是甜到难过。人们都说，忆苦思甜，显然那是骗人的。

我记得她和我说，她喜欢吸血鬼的故事；我记得我和她说要给她写那么一篇文，只不过不是有关吸血鬼的；我记得她和我说,我是她的最重要;我记得我和她说,如果你爱我,就要好好地活着。

有些时候,你明明感觉经历了很多很多,但是说出来后才发现,不过只是简单的几个句子。你曾经爱过的、恨过的、难过的、担心的、付出的、想要的,都在一瞬间因为一个支点的倒下而坍塌。我是真的真的后悔了,却也只剩下泪水了。在半个月前,我写文的时候还在因为怕失去她而一直哭一直哭,可是在知道她离开后我却只剩下死寂了。我的心一点也不疼,我只是有点沉重,沉重到说不出话,只能叹息。这种情况维持了多天,然后感情就在今天突然爆发。我知道,有些东西我真的失去了,而且再也无法用任何一个相似的东西代替和填补。

明明我都一无所有了。

情绪就在歌声中一个声嘶力竭的哭喊中失控,再也无法抑制。

我亲爱的,你还记得我送给你的"锦城春"三个字吗?

为什么我在哭着回忆的时候嘴角依旧勾画着弧度。

她说,其实真正的痛苦,不是你让别人疼,而是你让别人看着你疼,你还装作一副很享受的样子。对啊,现在的我就是这个样子,看着你难过,却装作一副无所谓的样子。

原谅我,在你很疼的时候,我选择了让你自己一个人。

我还记得,我们的第一次交集在去年11月初,距现在半年的时间。回忆总是让我有种物是人非的感觉。那个时候你我还是陌生人,现在又分道扬镳。那个时候,你和我说,如果不是我的那段话,你可能就放弃高三了。那个时候你会因为问候的短信不是我亲自发的而不开心;那个时候你跟我说你很喜欢琥珀;那个时候你会为我站出来辩护;那个时候你还信誓旦旦地和我说高考完要来看我。那个时候那么远,我都快要忘了。曾经我们说好的要记住一辈子的,这还不到半年的时间;曾经我们说好的要照顾好自己,就只剩下这些零散的记忆片段陪我了。

我生日的时候,你送了我一块手表。这是我唯一拥有的你送我的东西了。

我送你的那几本书,你都看了吗?我们的"纪念会服"是不是还在你衣柜里安静地躺着?没人会穿它了。

我现在在想你,你知道吗?

窗外现在又是小雨,淅淅沥沥的雨点打在窗户上,发出滴答滴答的声音,并不密集。电脑桌面右下角赫然显示着日期2014/4/5,于是就在那么一瞬间,心颤了一下。耳机里还是那个我熟悉多年的声音,他轻轻浅浅地唱——

窗透初晓　日照西桥　云自摇　想你当年荷风微摆的衣角

木雕流金　岁月涟漪　七年前封笔　因为我今生挥毫

仰光（二）

只为你

　　远方有琴　愀然空灵　声声催天雨　涓涓心事说给自己听

　　月影憧憧　烟火几重　烛花儿红　红尘旧梦　梦断都成空

　　雨打湿了眼眶　年年倚井盼归堂　最怕不觉泪已拆两行

　　我在人间彷徨　寻不到你的天堂　东瓶西镜放　恨不能遗忘

　　又是清明雨上　折菊寄到你身旁　把你最爱的歌儿来轻轻唱

　　我在人间彷徨　寻不到你的天堂　东瓶西镜放　恨不能遗忘

　　又是清明雨上　折菊寄到你身旁　把你最爱的歌儿来轻轻唱

　　——又是清明雨上。

暖阳未必暖

说真的,有时候我模糊到分不清梦和现实,因为它们太过相似。所以我爱把现实搬到梦里去。

仰光（二）

星座书上说，双鱼座是一个很爱幻想的星座。所以它给我一种错觉：双鱼座通常都是死在自己的梦里。

说真的，有时候我模糊到分不清梦和现实，因为它们太过相似。所以我爱把现实搬到梦里去。

我叫暖旭，一个爱幻想、爱悲伤的孩子。

在梦里，我经常梦到我已经过世的祖母，祖母的笑那么阳光。

祖母曾经总会和我说，暖旭代表着温暖的阳光。她希望我可以像太阳一样，温暖而明亮。于是小小的我把祖母的话放在了心上，至今没有忘。

于是长大后，祖母便希望我去旅游，去更多的地方，体会世界，去黑暗的地方，带给别人光明。

在我刚成年的第二天，祖母就给了我一张世界地图。上面密密麻麻地用红笔标注着每个国家的风景名胜，数不胜数。

可是……祖母不知道，其实我也悲伤。

而我最后还是出发了。

走的那一天，祖母送我上飞机，我在检票口看到她的脸上挂着和蔼的笑。然后我便头也不回地走了，踏上了我人生的第一次旅途。

祖母说，人总是要离别的，所以孩子你应该习惯。人生没有后退的路，所以我们只能勇往直前地冲。

地图上，祖母给我标注的第一站，是全世界最浪漫的地方——法国巴黎。

飞机的广播里一遍又一遍地重复着注意事项，让人有些不耐烦。我的四周坐满了陌生人，而老外居多。我开始尝试着用生涩的法语和周围人交谈。一个小时过后，我惊讶地发现，一个和我用法语交谈的法国男孩居然可以流利地讲中文。然后我们成了好朋友。

听说我要去法国旅游，男孩很热情地帮我介绍了巴黎名胜。聊得多了，我知道了一些关于这个男孩的事。

他叫巴雷德，是一个混血儿，他的祖父是中国人，祖母是法国人。祖母去世得早，而祖父从小便教他中文，这也是为什么一个法国男孩可以流利地说中文的原因。男孩说，由于他祖父是中国人，所以每年假期都会让他到法国去居住，感受下异国风情。

于是很自然地，下了飞机后，我暂时居住在了巴雷德在法国的家里。巴雷德是一个再平凡不过的法国人了，几乎可以说是一无所长：不会弹琴，画画很糟，甚至连最基本的唱歌都难听得要死。值得欣慰的是，他那一口流利的中文让我俩之间的交流几乎没有什么阻碍。我觉得他是一个非常聪明的孩子，单从可以把法语和中文同时说得很好这方面看来,他就比我聪明得多。还好,巴雷德的声音很好听。我想,他的声音应该是故事中作家所描写的带有磁性的男声。

到达法国的第一天,巴雷德带我去看了最著名的巴黎标志性建筑——埃菲尔铁塔。不得不说,在夜色的衬托下,埃菲尔铁塔显得更加的宏伟高大。而为了让我可以一次看到更多的巴黎风景,巴雷德专门带我在塞纳河附近转了转。第二天,我们去了卢浮宫,那个我只在历史书上看到过的地方。巴雷德说,白天的时候,去卢浮宫和凯旋门是最合适的时机。而到了晚上,巴黎圣母院和埃菲尔铁塔才能真正露出它们最有魅力的一面。我欣然同意。

或许没有人会相信,在我到达巴黎的第三天晚上,在我目睹巴黎圣母院的辉煌的时候,我莫名地想哭。也许是雨果的《巴黎圣母院》写得太传神了,我这样安慰自己。

当晚和巴雷德回到我们的住所后,我便以玩累了身体疲惫为借口,一个人回到了卧室。身体内强烈的不安促使我还没洗澡便不顾一切地躺在了床上,并且快速入梦。梦里,我见到了祖母慈祥的笑容,那么温暖。不知怎的,梦境就突然转换到了我小时候。小小的我在绿茵茵的草地上乱跑,祖母在后面小心翼翼地跟着我,脸上满是关切。

祖母说:"阿旭,出去了,别忘记拍一些照片回来。"我连声允诺。

到巴黎的第四天,我在 QQ 上把我和巴雷德在巴黎圣母院下的合照给祖母发了过去,并在照片的下面向祖母介绍了巴雷德。祖母回复说:"阿旭长大了。"于是我的心里就像樱花开了一样开心。

我问巴雷德:"法国有樱花吗?"巴雷德笑笑,"当然。"他这样回答。于是我们就去看了樱花。

三月,正值樱花盛开之际。

"你看过中国的四大名著吗?"我问身旁的巴雷德。

"看过的。"他简单地回答。

"我喜欢《红楼梦》。"我欣喜地说。

"啊,《红楼梦》啊,我只简单地看过一部分,太多了,没耐心读下去。"巴雷德最近似乎没有了几天前刚到巴黎时的热情。

"你怎么了?"我换了个话题。

"我的女朋友昨天和我提出了分手。我承认,我这次回来是为了她回来的。"巴雷德沮丧地说。

"我帮帮你吧。下午把你女朋友约出来聊一聊。"我说。

记忆里,祖母儿时对我说的话总是不断地闪现。我想,或许我真的该带给别人温暖的,毕竟祖母说我长大了。于是我提出了帮助巴雷德的想法。

阳光明媚的午后,我和巴雷德的女朋友见了面。那是一位漂亮且时尚的小姐,这是我对巴雷德女朋友的第一印象。巴雷德说她叫艾米丽。那个下午我们交流了很多。她说她和巴雷德不是一个世界的人,有时候,巴雷德的固执让她很痛苦。就这样,每天下午都成了我和巴雷德的女朋友交谈的时光。巴雷德央求我在巴黎多待一段时间。他说他很爱她。

一周后,在我不得不离开的时候,巴雷德告诉我,他的女朋友同意和他和好了。我们在飞机场大厅热烈地拥抱,并且互相留了联系方式。巴雷德答应我,等他回到了中国就会联系我,于是我就那样安心地登上了去洛杉矶的飞机。

在飞机上,我又梦到了我的祖母。她还是在和我说着儿时相同的话。我想,我是暖,我该温暖。

再见巴雷德是在3个月后,他回到中国的一段时间后。我们在MSN(社交网)上闲聊,他告诉我他已经回到中国近一个月。为了见他,我专程坐飞机飞到了他所在的那个城市。在一个同样明媚的午后,我们在上海的一家咖啡厅见了面。巴雷德距3个月前沧桑了很多,胡子堆满了下巴,却不知道为什么没有剃。

"暖旭。"巴雷德第一次这样叫我。

"怎么了?"尴尬的气氛让我的呼吸也变得急促。

"没什么……你这几个月过得好吗?"巴雷德淡淡地说。

"不好。你呢?"

"我也不好。"就这样,我们都陷入了沉默。

我没有想到,我们在中国的第一次见面会是以这样不堪的场面开场。

"我的祖母在一个月前去世了。"我语气悲恸。

"啊……"巴雷德小小地惊叫了一声。

"我的女朋友在一个月前自杀了。"巴雷德的语气同样悲恸。

"为什么?"我大惊。

"因为她再次要求和我分开,我固执地不肯,她便以死相逼。最后,她从我家的窗台跳了下去。"巴雷德声音颤抖。

"唉,两个人都是固执的性格。"我轻叹。

"她说她爱你。"

我还是会在梦里梦见祖母慈祥的脸庞,可是,在梦里,祖母再也没有说过那句她在我儿时常说的那句话。就在昨天,我梦见了艾米丽。

我怀念的

在我们曾经想要被靠近、想要被关心的时候,只是一个人的疼,我们不想这份疼再让别人承受,所以我们莫名地想要去靠近。其实我们忘记了,原来靠近那个和自己曾经经历相似的人的同时,是我们在爱自己。

仰光

不管当初多信誓旦旦,时间总会磨灭一切。

没事,回忆会发光。

——题记

我曾经问过自己,到底什么才算是在乎。你想和她在一起,干什么都想在一起,还是仅仅把她放在心里,在她需要你的时候给一声问候。两者都算吧,但是所有人都会这样,连陌生人都可以给你最想要的怀抱。后来我对"在乎"的定义模糊了,或者会担心就是在乎吧,她笑的时候你心里也在笑,她哭的时候你心里也泛起丝丝难过,你连无法分担都觉得像是罪恶。这是在乎吧?这是在乎。

阿落站在世界的阴影里对我说:"暖,你在乎的人真多。"

就那么一刹那,身体像是被电流击穿一样,整个大脑一片空白,没有丝毫意识。我不知道我怎么了,也不知道刚才发生了什么。关心总像是对身边的人犯罪,你越关心谁,对谁的罪恶就越多。依赖总是相互的,你在乎某个人的时候某个人也会在乎你,同你在乎她一样多。我想是这样的。所以你越爱一个人,当你最后想抽离的时候,就伤她越深——这是定律。所以，泛滥的友好已经让我分不清方向，我不知道我到底该在乎谁，又该把谁推开。

我总是想象着这样的场景，你闭着眼睛，一步一步地开始摸索。你的眼前一片黑暗，你的四周没有一点声音，你的身体就像六神无主的、需要被保护的孩童，不知道该往哪里走，下一步是不是就会碰到什么障碍物或者被什么绊倒。如果你撞到墙上呢？你会不会在下意识地感觉到疼痛的时候告诉自己这就是终点：无法避免的跌撞。所以你越来越不敢迈出下一步，在走路时连动作都变得轻缓、迟钝。

我总是希望在我睁开眼的时候可以看见一个人在我的眼前，对着我笑，笑什么也好，反正就是笑着站在我的眼前，看着我幼稚的行为，但是心里泛着对我无边的爱。也许我还没有睁眼就会走进她的怀抱，然后被她抱在怀里，感受着这个冬天我都不曾感受到的温暖。

可是事情总是事与愿违，每当我像模像样地按照我想象中的样子闭上眼睛摸黑走路时，睁开眼的世界总是空荡荡的楼道，从未变过。也许我在心里就已经想被谁抱着了，于是那一瞬间的失落还是席卷了我，并在我的胸口重重地给了我一击，伴随着寒冬最冷的风，呼呼地刮进我的身体里。我能做的只有战栗，还有抱紧自己。

我们总是可以不顾一切地怀念那些再也回不来的东西。深知已不在，才会拼命想念。

再也回不来,知道是什么吗?就是再也无法遇到一个和你脑海中怀念的一切相似的场景和人物。你只能通过越来越模糊的记忆拼命抓紧那仅剩的一点曾经。

想一想就疼。

你有没有这样疼过:左边胸口并非剧烈地疼,你抱紧自己却还是无法停止身体的颤抖。你眉头深锁,身体蜷缩,从心口扩散的疼痛快速地遍及全身的每一个细胞。不多,也就几秒。

你有没有这样哭过:从最开始的难过带动身体的疼痛,你的眼泪积满眼眶,但是没有到要掉下来的程度。然后这种难过慢慢酝酿,随着眼眶里的泪水越来越多,你努力地抬头不想让它掉落下来。于是你仰起头,闭上眼睛,灵魂开始听从音乐的指引,你的眼泪慢慢地从眼角滑落。你以为自己已经哭完了,你擦擦眼泪,继续听歌,也就那么一刹那,一句话或者一个音调突然让你的情绪爆发,你突然号啕大哭,心疼得无法抑制住。哭到最后你竟然连一滴眼泪都不会再涌。不多,还是仅仅的几秒钟。

有些东西明明只要尽力就不会留下遗憾、不会痛的,可是我明明知道仍是固执地选择了让你走。我忘了听谁说过:"越是受过伤的人,就越该爱自己。如果你爱她爱得很累,就停下休息。如果她爱你,会等你。"你没有等我,不是吗?我还在原地等你,你却早已经不知道身在何方,停在了谁身边。

以前我总是喜欢黑夜,不开灯的样子仿佛可以把一切罪恶掩盖。光总是可以让我不自觉地遮眼,也总是可以清楚地照亮我身边的一切——我的身边空荡荡的,我一无所有。

我想我是一个怕煽情的孩子,哪怕一点点的感动都可以让我默默流泪。其实有时候回忆不是回不去,而是太过温馨,比现在的任何一天都显得甜蜜。记忆仿佛只为我们留下了当初最美好的东西,那些在年华里把我们重创的东西都被时间冲刷干净。

我一直在想这个问题,到底所谓的抛弃是个什么东西。你忍心、狠心、决定离开我了,把我留在原地一个人,这就是抛弃对吗?还是说,当我们都始料未及,有些人、有些东西就那么突然地失去,才叫作抛弃。

每个人肯定都在自己上学的时候暗恋过、喜欢过、爱过那么一个人。不优秀、不美丽,难以接近却让人想要去关心。后来经历多了才知道,原来这小小的保护欲是一种惺惺相惜,只是因为我们曾经也同样经历过,于是可以感同身受地懂得对方的难过,所以我们想要去给他关心。在我们曾经想要被靠近、想要被关心的时候只是一个人的疼,我们不想这份疼再让别人承受,所以我们莫名地想要去靠近。其实我们忘记了,原来靠近那个和自己曾经经历相似的人的同时，是我们在爱自己。

或许我们在成长过程中，都曾努力地、用尽全力地爱过那么一个人。他或许不完美，或许没有你想象中的那么优秀，他或许没有你想要的好脾气，没有很大的耐心，但是你就是那样爱过他。这就是青春，或许懵懂，或许漫不经心，或许不着边际，却是那么那么真实。

时间快得有点让人来不及反应，那些电影里老去的片段却在生活中的各个角落以不同的方式上演着，从未停息。

我在成长的道路上重复着丢与捡的动作，直到有一天，我发现丢了的再也捡不回来，捡回来的再也不是从前的。回忆变得窒息，曾经的爱遥不可及。

谁爱着谁的初心，谁后悔不及，谁在年华里追悼过去。

Part 4

与梦私奔

追梦少年

时光跌落旧时梦

那些闪亮过往拼凑的前方

梦的远方是天堂

未曾方向,如何信仰

如果你也听说

追梦少年

"梦想就是要你累死累活却也不告诉你什么时候会到达终点的东西,在梦想面前谁都像是一只狗,听话且忠诚。"阿落挑了挑眉,不想再多看我一眼。然后我就那样颓坐在她的身旁,靠着她一点一点沉默。时间就以最原始的方式流逝着,没有再回来。

梦想，是什么东西？我曾经不止一次地问过我自己。

嵘嵘说那是我们要用一生的精力去追随的东西。在听到这句话的时候，我承认我激动了。我毫不掩饰对嵘嵘这句话的鄙夷之情："去他的吧，还一生，还追随。你有这时间都用在追周公身上了吧，白痴。"

我咒骂着，几乎是轻蔑地表达着我的不满。

年轻的我们，总是有着不符合我们年龄的成熟，却仍保持着我们这个年龄段应该有的冲动和尖锐。

那么，梦想，到底是什么东西呢？

阿落还在的时候，有一次我和她谈起我的梦想、我的未来，却像嵘嵘当初遭到了我的嘲笑一般被阿落狠狠地讽刺了。

"梦想就是要你累死累活却也不告诉你什么时候会到达终点的东西，在梦想面前谁都像是一只狗，听话且忠诚。"阿落挑了挑眉，不想再多看我一眼。然后我就那样颓坐在她的身旁，靠着她一点一点沉默。时间就以最原始的方式流逝着，没有再回来。

我总是会频繁地想起阿落。因为她曾经对我说过的那些话，都以一种残忍的，却又极深刻的方式寄生在我的身体里，在某个不经意的瞬间，在我某个不经意的动作后猛地从我身体里跳出来讽刺我，伤害我。

我总是会在周末的清晨惊醒，然后惊慌地拿出手机看时间。看到时间是 8 点，我才会安心地把手机放回枕头底下，继续睡觉。然后我发现我睡不着了。刚闭上眼，我的脑袋里就立马蹦出两个小人。一个穿着白色的衣服，头顶金黄色光环，手里拿着法杖，另一个全身黑乎乎的，一脸穷凶极恶的模样，手里抓着一把三棱叉。他们俩吵得昏天黑地，让我头痛不已。白色的小人和我说："别睡了，这么好的时光不能浪费。你还有梦想，你还要去追。"黑色的小人把白色的小人推到一旁和我说："接着睡吧，这么好的时光就应该用来睡觉。什么梦想，什么追求，不用急，你还有时间。"然后白色的小人又把黑色的小人打到了一边和我说："你应该起床了，你应该去追求你的梦想了。"然后黑色的小人在旁边怒吼："去他的梦想，都是扯淡。"于是我忍无可忍，猛地睁开了眼睛，麻利地穿好了衣服，在 5 分钟之内快速洗漱完毕后迷茫地坐回到床上。

该死的梦想。

下午的时候，姐姐要出去和朋友玩。她叫我一起去，说去唱歌，会很有意思。我动摇了——每日窝在宿舍毫无创新的生活已经让我厌烦。

心里想的"好"从嘴里说出来后就莫名其妙地变成了"我想想"。

我不是不想疯狂，我不是不想去玩。可是……我还有梦想没有实现，我的时间应该用来为梦想买单。然后那两个小人就又蹦了出来。白色的小人说："你想的很对，你就应该这样，把有限的时间用来做有意义的事。"黑色的小人撞开白色的小人说："别听他的，你已经够累了，是时候去外面放松下了。"然后白色小人在旁边喊："别忘了你的梦想，你还有梦想等你去追求。"于是，在沉思了将近1分钟后，我和姐姐说："我不去了，我还有事。"

又是该死的梦想。

阿落那时说的真对，我现在就和一只狗一样，对梦想言听计从。

看，又是阿落的话。我总是会在某一刻，下意识地想起她和我说的每一句话，想起她黑黑的眼眸，想起她的笑容，温暖又干净。

我承认我是一个很爱安静的人，但不是一点声音都容不下的安静。我喜欢听的声音再怎么吵都是天籁，我不喜欢的声音再怎么低我都无法忍受。

阿落说我是一个奇怪的人，我笑了笑，反过来说她也是一个奇怪的人。于是她也笑了笑，算是回答我了。

两个人的时候，阿落总是喜欢靠在我的肩上。阿落说：

"暖，你相信吗？肩膀是这个世界上最温暖的依靠。"我轻轻地回答："信。"然后我就任由阿落那样靠着我，什么都不说。

曾经有那么一段时间，我挚爱和阿落靠在一起的沉默。那种默默拥有的感觉仿佛会让人莫名地踏实。

"暖，你喜欢火车吗？"

某一天，阿落像往常一样靠在我的肩头，却打破了那份独有的宁静。

"还好。怎么啦？"我转过头看肩上的阿落，看见她正出神地看着窗外。

"我喜欢。"阿落撒娇地说。

"坐在火车上，听着火车单调的'轰隆隆'的声音，总是让我感到别样的安静。"阿落接着欢悦地说，眼神中充满了色彩。

"在火车上我总是喜欢看着车窗外飞快倒退的风景。暖，你知道吗？有时候火车真的好像电影里的快镜头，记录着那些逝去的曾经，本能地快进着。"阿落说这句话的时候，眼眶中闪烁着点点泪花，可是我没有理解阿落这句话的意思。

然后阿落就突然说，她最向往的地方，是西藏。

"暖。"阿落认真地看着我。

"嗯？"我转过头看她。

"没事。"

我想,她当时心里想的一定是问我如果哪天她不在了,不在我的身边了,我会不会想她。

可是我是真的想她了,在她走后的这么几年里。悲哀的是,我不知道她是否会在世界的某一个角落,像我想她一样,想我。

后来有一天,我提着行李远离我的城市,坐在火车上的时候,才深刻地感受到了当初阿落和我说的那句话的深层含义。

夜晚的天空总是很美丽的,不管我在哪个城市。火车就这样载着我从一个城市到另一个城市,漫长的过程让我不得不花点时间去回忆。

我学着阿落当时和我描述的场景,看着火车车窗外的风景,一点一点地倒退着消失在我的视线。往日大片大片的回忆就也这样跟着倒退,然后消失在我的记忆里了。我默数着我过去的18年,我像一个旁观者一样,看着我过去的那些故事,心里酸酸的。最后火车到达终点站的时候,我从回忆里走了出来,看见车窗里照出的那个满脸是泪的自己,狼狈不堪。

下了火车,脚踩在火车站台上的时候,我抬头看见出站口大大的"拉萨站"的字样,记忆空白。

时光跌落旧时梦

总有些东西是黑夜给我们最好的伪装。

学校里的黑夜就像是被孤单分割成的一个个小角落,我每走一步都像是从一个深渊踏入另一个深不见底的地方,就那样一步一步地在前进中学着义无反顾和决绝。

仰光（二）

有些东西不是不忍割舍，而是我们在自作多情的坚强中抛弃后再也无法找到一个不践踏自己尊严的借口重新找回。

迷失自我的时候就把自己丢在音乐里，开到最大声，似乎总是有声音在灵魂深处混响，它说有人在等我。

我好怕，我怕有一天你忍受不了我的矫情，忍受不了我因为毫无安全感而乱发的脾气，我更怕哪天我会在你还没讨厌我之前就自行离开。我怕我不坚定，我怕我下不了决心，我怕我自顾自的忧虑带给你的伤害比我的离开还要残忍。

我曾多次幻想站在十字路口，看着过往川流不息的车辆和行人，只剩中间的自己陌生地阅读着每个人身上对这个世界最陌生的冷漠，他们就那样自然地把我隔绝在从四面八方涌来的孤独中，我知道，是我不愿走出去。

每当深夜的时候我都想出去走走，漫天墨蓝色的黑夜让我莫名地心安。我喜欢独自一人漫步在这黑夜里，身边哪怕走过一个路人都像是一种被天命安排的美丽邂逅。黑夜中的我那么善良，不想退缩，也未曾离开过。黑夜中我把手高举过头顶的时候，借着清晰的月光我可以看见自己手上的纹路，那些隐匿在黑夜里的我所深爱的东西。

宿舍太亮了，亮得让我害怕。所有的不堪和寂寞都在这种干净的光亮下透明地展现着它们本来的面貌。所以我想逃离了，我怕有人问我为什么看起来那么悲伤，我怕被任何人发现我在脸上都未曾浮现的不安和慌张。

总有些东西是黑夜给我们最好的伪装。

学校里的黑夜就像是被孤单分割成的一个个小角落，我每走一步都像是从一个深渊踏入另一个深不见底的地方，就那样一步一步地在前进中学着义无反顾和决绝。

我总是想对自己更加残忍一点，那样就没有人可以再以各种各样的理由伤害我。而现在我也深知我到底有多么坚不可摧，可是我忘了教会自己对自己更好点，否则现在为什么还是会像以前一样那么容易被感动。

我想，每一个悲伤的孩子都会有无数泛着琉璃光芒的七彩梦，在里面他们看惯了世间的悲欢离合，他们感受到了人性的温暖和冷漠，所以他们从心底感伤着这世间所有看似矫揉造作的东西，悲怜着梦里的悲怜。可惜，我不会做梦。有时候我从梦中惊醒拿起手机看到时间已经过了那么久，心里的恐慌便会像瘟疫一样蔓延至身体里的每一个细胞。当我慌慌张张地收拾好自己，背上书包打开门准备上课的时候，回想起刚刚起床前的那个梦时，却再也想不起我到底梦到了什么。甚至有时候哭着从梦里醒来，我却总也想不起我到底梦到了什么。我只知道我做了一个梦，而它到底是什么，我真的不清楚。请别问我。

有人说，那些只会做梦却回忆不起梦到了什么的孩子，前世是残缺了一半灵魂的神明。

昨天偶然翻出一年前写的文字，字迹清秀，可墨已经干涩，看不出是写的还是打印的。而陈旧的墨水味依稀还有，那种古老的气息总是让我会想到古时候的书法墨迹，那些在左侧阳光洒下的光晕里和随风在阳光下翩翩起舞的尘埃里相融的陈墨，会在它们相互接触的某一个时刻触动我的心弦。旧的东西总是会适当地提醒我，我是一个拥有记忆的人。

每当拥有，便会失去。

我想，这是一个亘古不变的定律。世间所有的事物都在命运转轮的咬合中遵守着这个定律，万物都在得到和失去中守衡。

我还是把那张一年前写有字迹的纸扔了。我找不到一个可以安放它的地方，还不如就这样把它忘了。这样也好，心底某个角落的伤口还在愈合，它不适合再次裂开并带着丝丝鲜血。

就这样，我总是在沿途中把属于自己走过的痕迹毫不留情地擦抹干净，到最后再也无法在沿路看见来时的痕迹。

我想起小时候站在广场上,抬着头看飞在天空中的白鸽。

每到一个时间段广场的鸽子窝都会被打开,无数的鸽子便从中拼着命飞出来,像是在争夺第一个飞翔的资格。可是它们并不会飞远,有的徘徊在鸽子窝的上空,一直盘旋,有的落下来吃游客买的粮食。把食物倒在手里,拱出一个弧度,然后挨着地,便会有三两只鸽子朝你走来。它们啄食的时候手心痒痒的。小时候我不懂幸福,只分得清楚快乐。没事的时候就喜欢让妈妈带我去广场看鸽子,喂鸽子的时候心里被快乐装得满满的。那时候,一点点的满足像是整个世界都充满暖色。

现在长大了,每每从广场经过,却再也没有了小时候的雀跃和向往。而更多的时候我在想,为什么小时候看到的那些鸽子它们只是在窝旁边徘徊,未曾有一只离开过。后来我想我懂了,它们或许也像我一样,在成长的每一次旅途中都把自己曾经留下的痕迹丢掉了,否则又怎么会怕飞走了回不来呢。天空那么大,广阔而寂寞。

恍恍惚惚之间已是下午 3 点,我不知道该做些什么,也不想做些什么。心里空荡荡的,想看书,却又怕自己原本就空荡的心变得更失落。靠在靠垫上静静地看着天花板,就这样意识渐渐变得模糊,我似乎看见我年少时的模样。大操场上,初一到高三六个年级几千人在随着音乐做着广播体操。我的体育老师就那样傲然站在主席台上,审阅着台下的一切。我看见人群后我的班主任，背着手，在和其他班的老师说着什么，脸上时不时地浮现着笑容。散操后疯涌的人群，追跑打闹的男女，拉着手漫步的闺蜜，以及个别做操不认真被叫到主席台下训话的学生。漫天的白云从头顶慢慢飘过，记录着阳光下那些少年稚嫩的脸庞和他们年轻时的模样，谁都不知道未来会是什么样，岁月风平或风雨飘摇。

  我在梦里细数着那些散落在我们世界的人生。

  时光骤然无声。

那些闪亮过往拼凑的前方

我总是会觉得单字成句的沉重感,要比我一句话的描述沉重得多。就好像多年前形成的习惯,那个在我迷茫无助、描不出未来的时候,阿落给我的那一个字,像是我那一年里最美的光芒。

仰光（二）

我总是会觉得单字成句的沉重感，要比我一句话的描述沉重得多。就好像多年前形成的习惯，那个在我迷茫无助、描不出未来的时候，阿落给我的那一个字，像是我那一年里最美的光芒。

她叫我——暖。

思绪似乎又被扯回到高二的那个夏天，每天放学后，收到她的第一条短信必定是一个字加一个句号。

"暖。"

之后再拉开我们整个的谈话，她告诉我她今天上午做了什么，老师又怎么逗乐了她和她们班的所有同学；她告诉我她买了鱼，中午回去要做鱼。我欣然看着所有发生的一切，总以为所有我认为的幸福都是永恒。

那个单字成句带给我的温暖和被记忆隽永的幸福。

有时候就是太孤独，孤独到身边任何一个人不经意的触摸都像是对自己的一种打扰，那种发疯地想把所有人赶走，自己承受所有的伤痛的执迷不悟，还带着把所有毁灭的冷笑和彷徨。现实总是要比人心冷漠的，而它也正像是一个帮我们下定决心的利器，可以在任何时候把心里的牵挂全都斩断,让你不得不面对接下来的生活。这个时候你不会想要求助的,因为那些我们曾经赖以生存的一切都在冲动和任性下被摧残得面目全非。你要指望什么呢,而什么又值得你用尽力气去指望呢?

现在好了,我又把自己关进那类似十字路口的无情的牢笼中了。

以前我总说自己很喜欢火车,那种由始发站到终点中间不停站的火车,它可以把我带到我曾经深深梦到的地方——西藏。前段时间坐火车从家乡回学校报到,路上经过的地方我叫不出名字,可是那些随着倒退的风景像是被烙在我的心上一样久久挥之不去。不是每个地方都有山有水,也不是每个地方在有山有水的时候还有那么美丽的风景。那个我做梦都想躺在底下的蓝天,那个我未曾见过的碧波荡漾。

小时候父母总是会在周末的时候带我去公园玩。那个时候我以为小学课本里的碧波荡漾就是当时迎泽公园里那片泛着绿色的湖。后来也是在网上,一次又一次百度图片,才真正替换了脑子里那个对碧波的概念。有幸,在那段开往贵阳的火车上,我看见的那个沿途的碧波,带给我小小欣喜。

有很多东西是你必须在旅行中才能体会到的,那是旅行的意义。

记得我高中的时候，因为假期，所以待在老爸的学校里。早晨的时候，走在校园里，我都会看见一些学生在背英语，或者在看他们的专业课所要求的书目。每天如此，从未间断。没有繁忙的身影，更像是怡然自得的、有着书香气息的王国。

　　小孩子嘛，总喜欢问很多自己不懂的问题。回了家，我就问妈妈关于她的大学生活。妈妈告诉我，大学很自由，老师都不会怎么管学生，全凭学生自觉。你可以睡懒觉，想什么时候起就什么时候起。大学啊，每次上课你都要去不同的教室，不会像你现在这样固定在一个教室等老师来上课，每个人都可以自己选择专业课，想学什么就学什么。而且大学可不像你们现在才学几门课程，到时候到了大学，学十几二十门课都有可能。

　　我不相信。

　　说真的，那时候真的不相信。老师怎么会不管学生，我又怎么会时间充沛到随时可以睡懒觉。如果每次不在固定的教室上课，还又可以选择自己喜欢的课程，那么大学有班级吗？那怎么去定义这个班级呢？连课都不在一起上的啊。好多好多疑问就像是得到了水滋润的种子，在我心里疯长。

　　或许真的是要自己体会了，才可以知道大学真正的面目。那个无数学生寒窗苦读12年的梦想和追求。

现在我学着十几门课程，每到期末都像是高考一样紧张和严肃。身边的人全在宿舍睡大觉，每一个人都认为考试这个东西，到时候作弊考过了就可以。平时上课什么人也有，说话的、吃东西的、玩手机的、睡觉的，甚至请假的。听课的少之甚少，老师也不曾管过什么，上了课合上书就走出了教室，比一个陌生人更让我感觉寒冷。

所以我更加怀念以前，那个全班同学都并肩向上，为着一个目标一起努力、奋斗的时光，那个得了高分就像是过年一样的幸福时光。

还好我没有堕落。

而我现在也真的懂得，为什么说老师这个职业比任何一个职业都要神圣。他们影响着一批又一批的学子，教他们做人，教他们在正确的道路上打拼。我至今仍记得小学班主任在毕业时带我们唱的《放心去飞》，也记得初中班主任在中考前告诉我们要挺过那段黎明前的黑暗，还有高考前夕，班主任给我们开的那个最后一次的班会。那时候我们双手紧握，那时候我们相互拥抱着，想要带着身边最真挚的祝福，一齐踏入那个我们共同的梦想——大学。

每天清晨起床接触到的第一缕阳光都让我格外地眷恋，那个伴着丝丝白色光圈涌入我视线的金色光芒，带给了我这一天的生机。而全世界又有多少人，像我一样，以同样的方式迎接新一天的第一缕光芒。

仰光（三）

让我想想，该怎么总结那个黑白交替的日子——仿佛日光下的一切都是往日生活的重现。所有的努力，所有的歇斯底里，都在夏日白光下被回忆勾勒出新的轮廓。那些我无论如何都躲避不开的岁月，那些仿佛碾压在我身体里的细小粉末。夜里似乎总是适合用来伤春悲秋吧，白天所有的不堪和耻辱都可以在夜里化为最温暖的问候和抚摸，冰凉的空气应该是最好的冷却剂，随时在我需要的时候献出自己最伟大的药效。

或许是我们还小，不知道到底什么才是真正的伤害。但是我们被岁月搅拌进杂质的那些年少单纯的情怀，却是对所有伤害最好的见证。那些我们还未体验到的冷漠，那些我们还没遭遇的曲折，那些仅仅是试卷就可以把我们折磨哭的时代，那些我们被一次次扶起又一次次倒下的光阴里，印刻出关于青春最纯粹的释放。

我们曾经用力地在一起，又用力地分离。

多少个春秋，多少次花落，多少个年轮的咬合交替着编织出那个只能向前走的梦。

我不敢再回首，也不敢再放纵。

我知道，路的前方有人在等我。

梦的远方是天堂

只希望，多年以后，我还是我，依旧是现在单纯的模样，会悲伤，不会笑着伪装，眼神里尽是干净清澈的光，透着还未被侵蚀的温暖和善良。只希望，那时候，我身边的人依旧像现在一样还在我身旁，对着我笑，天真善良，笑容里是满满的欣悦和体谅。

仰光（二）

听干净的声音总是有种让灵魂清澈的感觉。我想也许我是个声控者,所以阿落当初那么轻柔的声音我到现在还是忘不了。我搜刮了所有的回忆,在想在那样一种温暖至心的声线出现在我的生命里后,是否又出现过?我发现这样的声音再没有出现过,又或许它是出现过的吧。可是那时候的我还不懂什么叫作温暖。

有的时候我会把温暖和幸福混起来,我分不清楚这两种感觉,我感觉温暖的时候必定是幸福的,我知道。而我在幸福的时候心里也是暖暖的。

时间真的会改变很多东西,那些曾经我说要铭记心房的人儿早已在时间淅沥的打磨下丢了当初清纯的模样。我记得所有人对我的好,可我记不清所有人里到底有些什么人。我并没有所有人眼中的那么善良,我也知道。有时候笑容就好像是对自己的施舍,我要装作什么都不懂的模样,然后赞许地点头,轻带微笑。宿舍总会有人在这时候笑着说我傻,所以我就跟着一起笑,一副牲畜无害的样子。我想象不出那种笑容中带着悲伤的样子,我总是可以在笑的那一秒就忘记我的所有情绪,然后在笑完后再恢复那面无表情的模样。我知道，我清澈的目光永远是我说的最不像谎言的谎。

　　有时候我觉得会做饭是一件很悲哀的事情。偌大的厨房只有你一个人忙碌的身影，所有的饭你都要做得适量，端上桌子后，面对空无一人的房间，黯然神伤，那真的是"突然有点孤单"。因为在做饭前你的心思还在做饭上，可是做完饭后你才觉得是空欢喜一场。我在想，一个人到底可以自欺欺人多久呢？我宁愿自己什么都不会，自己下楼去吃饭，即使身边坐着素未谋面的陌生人。因为在别人的热闹里总好过自己的孤单。

　　幸好我没有说话的习惯，如果可以，我完全能够一天不说话，只看书，只在音乐里流浪。真是同情那些太过活泼的人，要怎么面对独自一人的空场。

　　看来忘记总是比记得容易，不然我们还有什么资本来使自己在这场本身就注定离别的故事里更加坚强。

　　贵阳这个地方我是真的还没有熟悉。有的人或许早已在无数个周六、周日到来时就已经在贵阳所有值得去的、不经意去的地方留下了自己的脚印。他们知道坐哪辆车可以抵达什么地方，而我至今连贵阳到底有几个区都没有记住。每次出行不是打车就是问住在贵阳本地的同学，什么地方、怎么走、怎么回、如果发生了什么要怎么样。我想也许我还没有我想象中的那么成熟，还没有那种想把所有我未知的东西都完完全全地掌握在自己手里的勇气，还是会害怕接触陌生的东西。只是心底那种在岁月疯长的保护下滋生的一点一点对外界的抵抗，越来越成为阻隔自己伸出手的鸿沟。就好像在你初次触摸仙人掌的时候，你还不知道它的刺会扎进你的手心里疼得你钻心，却怎么也拔不出来。长大后，你遇到了一个和仙人掌相似的植物，你不知道它会不会伤害到你，可是你不敢伸手去摸一摸它茂密的枝叶，你早已经没有了当初触摸仙人掌时的勇气和初心。

我是一个不喜欢回头的人。落笔即定，不会修改，也不想再修改我文章里的一句一词。我讨厌回过头重新来看那些我落下的文字、我留下的痕迹、我未经深思熟虑就填笔的文章。可是我那么喜欢翻阅着自己的记忆，直到哪一天，再也无法从回忆里找寻到曾经在脑海里熟悉了无数遍的场景。

就像我天生是一个没有色彩感的人。

回忆里铺满的全是过往的风景和定格的人物，他们或哭、或笑、或悲伤、或灿烂如阳，风景或暗或明，或庄严。可是伴随着它们的是混淆不清的颜色。它们就好像透明地生长在我的回忆里，一点一点在时光里汲取着岁月流逝的痕迹来洗白自己。

我曾无数次幻想过，到底什么样的场景下的我才最孤单。也许是在满树桃花下的独自一人，又或许是低头看着脚下满地落樱的自己，不然就是坐在落叶飘零的秋，仰望着天。可是，当我有一天发现，最孤单的是站在满是落雪的白色大地上，那一望无际的苍白和迷惘，带起了来自心底最深处的空洞的荒凉。

昨天和同学一起探讨作业的时候，同学给我看了一个玻璃杯子。透明的玻璃杯下打着蓝绿色的光，从下到上把杯子衬托出最好看的颜色。玻璃杯散发着自身折射出的微微七彩的光芒，混合着最初的蓝绿底色，美极了。那种不经意造成的美，我想是造物者最大的慈悲。

那些小时候不曾看惯的行为，现在长大了也没有习惯成生活的一个部分。我知道，哪怕是我傻傻地活着，这个社会的厮杀和屠戮还是会在离我身边不远的地方不紧不慢地进行着。小时候的自己还小，从书中学到的价值观和世界观完全在这个世界现实的折射下变得荒谬和不可理喻。

我记得谁和我说，不要怕，这些东西你长大了就会懂，就会习惯。现在我长大了，是真的懂了，却也是真的习惯了这个社会的种种不堪。面对所有东西的时候我都只是笑一下，以表理解和宽容。不然要怎么办呢，只有无限的宽容和体谅，这个社会才可以让我活得更加容易和轻松。所有的责任都在发展中被人性咀嚼得剩下了寒冷的尸骨。

只希望，多年以后，我还是我，依旧是现在单纯的模样，会悲伤、会笑着伪装，眼神里尽是干净清澈的光，透着还未被侵蚀的温暖和善良。只希望,那时候,我身边的人依旧像现在一样还在我身旁,对着我笑,天真善良,笑容里是满满的欣悦和体谅。

梦的远方是天堂。

未曾方向,如何信仰

有时候真的很讨厌「习惯」这个东西。那是要多么「久而久之」才可以让一些自己本来引以为傲的东西根深蒂固地长在身体里,变成一种自然而然的行为,无目的地,无原因地,不断循环。

我总是相信，没有什么东西忘不掉，只是我偶尔不忍割舍，不想抛弃。一个人从心底把一个东西连根拔起的时候，总会或多或少地牵扯到自己脆弱的神经。而我，那么怕疼。

我总是那么坚定地认为我是一个拥有信仰的人，然而信仰是什么，我不知道。或许是唯一，或许是我的偶像，又或许是我自己。每当我难过的时候我就会打开音乐，把自己遗忘。当我体会到别人的难过，和别人一起难过的时候，我的难过就会渐渐地自动痊愈。我一直在想，如果我是一个靠着别人的灵魂存活的人该多好，哪怕只是短暂的臆想，都那么让人向往。我可以替人痛，我可以给自己任何的一种情绪波动都找到一个看似完美的、天衣无缝的借口。有来源的东西总是让人接受得莫名心安。

前几天我和阿翎坐在一起，讨论着一个名为信仰的东西。

"什么是信仰？"阿翎问我，或许不是问我，只是一种漫无目的的设问，不求回答。

"信仰是人类特有的心理现象，是人对自身之外的物质或者精神的信任和依赖,是人类否定自身获得救赎的产物。"我盯着手机屏幕上的百度百科,语气不带感情。

"这样啊。真是官方。"阿翎看了一眼我手里的手机,似乎有点嘲笑。

当所有的东西都被一个所谓概念的东西概括,是不是有点可悲?我不知道。

"啊,或许啊,本来就是很无聊的东西。"我接着话,没有话题的感觉真的很无聊。

"我给你讲个我曾经看到过的一个小故事吧。"我难得一次主动请缨。

"好的呀。"

"嗯……有三只青蛙不小心掉进了一个牛奶桶里,它们拼命挣扎、奋力自救。第一只青蛙在跳跃一段时间后,绝望了,认为这是上帝的安排,自己是无法改变命运的,于是放弃了自救,被淹死了。第二只青蛙虽然还在继续挣扎,但在精疲力尽时,它也放弃了,相信自己是跳不出牛奶桶的,也被淹死了。第三只青蛙始终没有放弃希望,它相信没有人能救它,只有靠自己才能获救。它不停地跳,不停地跳……由于第三只青蛙不停地搅拌,把牛奶搅拌成了奶油。在它感到脚底的接触面很结实时,奋力一跃,跳出了牛奶桶。于是,它活了下来。"

"哈哈哈,你这是在逗我。"身边的阿翎笑得前仰后合。

"喂，你尊重我一点好不啊？这个真的是我从别的地方看到的一个小故事，只不过是个寓言故事。这个故事的内涵是：只有充满希望的人才可能获得最后的胜利。你心中有什么样的信仰，就会得到什么样的结果。"

"好吧好吧，我不笑了。哈哈哈……"有那么一刹那，我都不想理她。

"谈谈你。"阿翎说。

"什么？"我抬头看她，没想到她思维转变得这么快。

"说说你是怎么想的啊，你觉得什么是信仰？"阿翎横了我一眼，似乎在不满我的反应。

"我嘛？不知道吧。"我抬头看着蓝色的天空，脑子里没有一点想法。

"让我想想。"我说，然后陷入沉思。

"信仰，我不知道该怎么定义。但是对我来说，它就像一种光芒。一个在我迷茫、毫无方向时突然闪烁在我的前方的指引。我可以为了它而坚定自己的一些想法；我可以为了它而去努力地，勇敢地，不怕受伤地完成一件事；我可以不惧黑暗，推开悲伤，无畏地前进，哪怕最后满身是伤。我因为信仰而有力量和目标，我因为信仰而坚持不放，我因为信仰而坚强成长。它是那种我可以仰望的东西，在我看不到的天空，教会我勇敢和坚强。"就在阿翎快要无聊到睡着的时候，我突然直视她，说出了这样的话。

"你好幼稚。"她终究还是清醒了。

"啊,对啊,我就是幼稚,所以我才会有这么简单的理解。把一个词提升到精神层面或者更高的层面,那是专家的事。我只要按照我的所想说出来就好。"后来听阿翎说,我当时说这段话时,眼睛里闪烁着一种不知名的光芒。

"倒也是。平凡人总要有平凡人自己的生活,怎能和别人一样。"于是阿翎欣慰一笑。

我总觉得自己是一个很会模仿的人,于是我逐渐成了一个会讲故事的人,而不是编故事的人。说是会讲,其实也不是很有技巧。我只是把我听到的、遇到的、亲身感受到的,通过另一种方式说出来。我很懒,懒到甚至连一个词都不愿更改。于是她们说我的文采很好。

一个不曾拥有信仰的人,或者说不知道自己在信仰些什么的人,总是会很羡慕那些拥有信仰的人,比如我。我总是会特别羡慕那些有信仰的人们,哪怕曾经我一再唾弃拥有着过深宗教信仰的人们,我相信这不妨碍我的羡慕。我多么希望我也可以有那么一个动力和推我前进的力量,让我不怕辛苦宁愿追逐着,不断地完善着自己,让自己变得更加优秀。

有时候真的很讨厌习惯这个东西。那是要多么"久而久之"才可以让一些自己本来引以为傲的东西根深蒂固地长在身体里,变成一种自然而然的行为,无目的地,无原因地，不断循环。真是一件可怕的事情，我总是害怕在这样不断反复的习惯里丢了我最初的梦想，我总是害怕在这样日复一日的重复里找不到我原来的信仰。本来我就没多少信仰。

优秀，我想我在最开始的时候，是想要自己变得更加优秀的。可是当这一目的磨成了习惯，我是真心地忘记了我为什么要优秀。我没了方向。

真的，有那么些时候，信仰变得那么感人。除去我的感性和感同身受外，不得不承认的是，当一个人虔诚地做些什么的时候，那份神圣和高尚，总是可以轻易地把我感动。

"阿旭。"阿翎突然叫我。

"怎么了？"

"我热爱信仰，如同我热爱什么什么一样……"阿翎说。

如果你也听说

我听说,梦里总会有个人代替现实的你在梦里活着。他知道你的伤、你的痛、你的梦想、你的追求。
我听说,当一个人把自己的灵魂上锁就不会再痛、不会再梦、不会再后悔了。
我听说,失去是被上天惩罚的结果。
我忘了听谁说的。
如果你也听说——

仰光

周末总是可以让人安逸得心安理得,我都累了一个星期了,松懈两天不行吗?我都忙碌了一个星期了,清闲两天不行吗?于是我总是在一觉睡到中午后这样安慰自己。今天不需要上课,时间还有很多,我可以干很多很多事,当然,如果我愿意。

于是我开始磨蹭着起床,再玩一玩,发一发呆,收拾好东西准备去吃饭的时候才发现已经1点了。漫步在晴朗天总是让人有很舒适的感觉。我双手插兜,听着喜欢的歌,不紧不慢地吃着中餐,起身回宿舍的时候才发现已经2点。回到宿舍,坐在床上,打开电脑,看着周五晚上的《我是歌手》的重播,不知不觉就已经到了4点。我想,我还有一晚上的时间足够来完成我想要做的事,于是我又开始重温以前看过的视频和节目,时间就这样到了6点。于是我出去吃饭,一晃悠就是7点多。我拿起手机,看着飞逝的时间,想着自己该做事了,可是松懈一天的精神状态让我怎么都无法投入作业当中,于是我放弃了。我开始看《快乐大本营》,嘻嘻哈哈间时间就到了10点。我看已经这么晚了,该准备睡觉了,却突然间想起今天要做的事还没有做，心就这样凉了一大片。

我开始惊慌失措，我开始自责。时间被我荒芜了的内心有着不安的谴责。

记忆中的春夏秋冬都过得很混乱，4月就进入了夏天，5月~8月热得要死。9月才转秋，然后天气开始变得清爽。11月就要准备过冬了，北国的冬天11月就已经开始暖气供热，一直持续到来年1月份。3月是春的季节，花朵渐次苏醒，然后空气中多了一份新生命的快乐。2月呢？我不知道丢哪了，2月温度已经回升，但是树枝还未长出嫩芽，于是它就这么孤立地树在1月和3月的中间。可是谁都知道，每个季度只有3个月而已，只不过我的夏天过了5个月，春天才只有短短的1个月。原谅我过得如此混乱，我只是真的在单纯地依靠北国的天气在划分季节。

现在我在贵阳享受着酷比夏日的春天，心里没有一丁点的满足感。值得欣慰的是，校园里的樱花开了。大朵大朵的樱花在樱树上肆意绽放，任清风带离枝桠，轻落在地上，未有人踩踏。于是就那么不经意地想起曾经和我一起葬花的她，突然惆怅。

有时候突然难过不是因为真的好难受，而是下意识地想起我应该悲伤的，于是我开始悲伤了。似乎顺其自然，却离奇得让人无法理解。是啊，我就是这么个只会模仿的人。思念别人的人总是会带着浅浅的悲伤和离愁，自顾自地伤春悲秋。这是我学到的，我总结的。别羡慕，我只是个会模仿情绪的木偶，仅此而已。

年幼的我们总是会被父母和身边的亲友施以很多很多的压力，于是我们总是被迫地去做、去承担、去承受、去忍受，最后开始沉默。有些苦不是不想说，而是说不出来。我们知道我们该承受，却总是在快要承受不下去的时候想着世界对自己有多么不公。为什么总有些所谓别的人，可以活得那么轻松快乐？有些伤痕从小就留在心里了，却那么固执地不肯愈合。我们的心开始被各种各样的压力撑大，我们逐渐在被迫承受中长大。我们开始变得宽容，我们开始学着善良，我们开始变得坚强，我们开始学着一个人孤单地忍受所有的一切，却未曾想过，那被撑大的心，一不小心就一触而破了。

终于懂得，生存是一种规则，而不是可以任我们去选择。

总是在岁月长河中越来越学会怎么虔诚地去后悔了。

于是我学会怀念了。

记忆从来都是善良的，带着淡淡的、虔诚的忏悔，还有在时间长河中逐渐被洗涤的舍不得。成长终于教会了我割舍，那些我曾经拼命在乎的都开始褪色，模糊不清，只剩下轮廓。听说这叫云淡风轻，一个对我来说崭新的词汇。

我知道我不是真正地快乐。哪怕我的笑点很低，哪怕我总是在人群中扬着笑脸却总是背过头恢复我原来的一脸冷漠,哪怕我总是可以在不经意间莫名地勾起嘴角。可是这种快乐可以持续多久,我一清二楚。

我喜欢一个人站在太阳下呆呆地看着蓝色的天空,心里什么也不想,只是单纯地享受着蓝色带给我的静谧和安详,就那么自然而然地开始难受,然后我低下了我的头。一望无际的广阔的蓝总是让人觉得空得害怕。我找不到一个可以一直抓住的东西,这种无法把握的感觉又让我心慌了。

我一直都知道,我是一个自卑却又桀骜的人。自卑吗?自卑吧。尝试过失败的人总会恐惧挑战。我不是那种越战越勇的人,我只是一个安静的被挑战打败就会自己躲起来舔舐伤口的病孩子。桀骜吗?桀骜吧。一个看起来比别人优秀的人总会带着那么一些高傲和不屑。我害怕比赛,我是真的真的害怕比赛。我总是在台下心里默默地想,自己是有多么多么优秀,却站在台上想象着自己输了后的难过。我承认我是一个输不起的人,请原谅我现在还是一无所有,我又怎么可以把我唯一还剩的桀骜都在失败中丢掉。

我想我从未想过永远不会再有梦的如果。如果我真的不会再有梦,我会不会很痛很痛。怎么说,听别人讲述梦境的过程总是欣喜的、向往的。别人的梦里总会出现那些不会出现在我梦里的东西。是不是经历得越多,梦就会越来越丰富?那不怎么做梦是不是代表我经历的还不够多,所以我没有多彩的梦的颜色。这真是一种真实的嘲讽。

我听说,梦里总会有个人代替现实的你在梦里活着。他知道你的伤你的痛,你的梦想你的追求。

我听说,当一个人把自己的灵魂上锁就不会再痛、不会再梦、不会再后悔了。

我听说,失去是被上天惩罚的结果。

我忘了听谁说的。

如果你也听说——

Part 5

番外小小说

影子少年

三生石上，咫尺画堂

影子少年

温柔、恋旧、冷漠,想象之中,我与自己,没有不同。

仰光（二）

  我不知道我是一个怎样的孩子，或许安静，或许疯狂。但是我的朋友们都说我是多么多么安静的一个人，对此我从不和他们争执。我喜欢一个人走路，喜欢一个人仰望星空，喜欢一个人安静地看书，喜欢一个人做喜欢做的事。我觉得，我是一个安静的人。

  阿翎和我说，你真像个幽灵，平时居然连走路都没有声音，我真奇怪你是什么构成的。我笑了笑，依旧用波澜不惊的眼神看她，无声走开。

  直到某一天，安静的房间让我产生了那么一点点的空旷感，寂静的四周令人莫名的恐惧。时间过得好慢好慢，我从清晨醒来后就开始闭着眼坐在床上，一整天，当我觉得我坐的时间足够长后我睁开了眼睛。晃眼的白强烈地刺激着我的视觉——还是白天。所以我被打败了。我开始不遗余力地制造一切声音，让我自己的生活变得有活力些，在我忙完一切颓废地重新坐回床前时，我发现，所有的声音戛然而止了。于是我打开了音乐，里面播放着节奏感强烈的摇滚乐，然后我整个人仿佛重生了一样焕然一新。我想我又重新拥有了自己。于是渐渐地，我习惯于在白天安静地做自己，晚上疯狂地、自 high 地激发自己体内对热闹的渴望。

"阿翎，我们今晚去酒吧好不好？"

某一天，我突然想把我的热情与我的朋友们分享，于是我蹲下身，看着身旁正在低头玩手机的阿翎，问了她这样的问题。我记得，那时我的眼神里满是期待。

"啊？你说什么？"她不相信地抬起头，眼睛里充斥着惊讶。

"我们去酒吧怎么样？我想去呢。以前都没有去过，有点小期待。"我浅笑着和阿翎说，神采奕奕。

"你是谁？你把我的阿旭还回来！"阿翎扑上来，左右撕扯着我的脸。

"你妹啊，我就是阿旭。别闹了，我真的想去看看，都这么大了，又不是小孩子。"我把阿翎的手拍掉，站起来伸了个懒腰。

"就这么定了，晚上把他们都叫上吧，我们一起去。"还没等阿翎说什么，我就已经转身离开了。

晚上，预期中的准时，我的朋友们同一时间在我家门口集合，然后我们一群男男女女勾肩搭背地去了酒吧。

这是我第一次来酒吧，我用我的人格保证。所以第一次进酒吧的我，理所应当地被眼前的景象惊呆了。

Cc 是这个酒吧的名字。

五彩的琉璃灯光打在在舞池中跳舞的年轻人身上,反射出好看的光。控台上 DJ 的声音放得好大好大,我耳朵里充斥着四周男女的欢笑声和音乐声。

阿翎试图和我说话,可是我没有听见。于是我看见阿翎和我打手势,她说,找个地方坐。然后我就看见阿翎朝一个桌台走去,我的朋友们也都相互勾着往过走。不知道是谁在背后推了我一把,我跟跄地朝前跌了两三步,撞在了一个女人怀里。

"哎哟,小帅哥,没有人陪你吗?"

眼前的女人边跟随音乐摆动着身姿,边看着我和我说话。

可是,嘈杂的人群使我没有听清眼前这个女人的话。

看着我迷茫的眼神,眼前的女人拽着我的衣领往前探了探,使我们的距离更拉近了一些。

"小帅哥,你没有人陪吗?"她重复道。

"额,有。我和我的朋友一起来的。"我紧张得有些结巴,甚至连手都不知道该往哪里放。

"你说什么?大点声,我听不见。"眼前的女人低下头伏在我的耳边吼着,爆裂的声音充斥着我的耳膜,一瞬间我有些头晕目眩。

"我有朋友!"我以同样的方式重复着刚才的话,结果却引来了她的大笑。然后我突然发现,我被眼前这个女人耍了。她听见了我刚才说的话。

"哦？你的朋友好像来找你了，小帅哥，回见。"眼前的女人看了看我的身后，自顾自地说了一堆我没听清的话后又开始摇摆着身姿，不理我了。

"喂，阿旭，你在这里干嘛？我们都等你老半天了。"耳边传来阿翎的声音，我惊讶地转过身，看见了站在身后的阿翎。当我再次转过身时，刚才那个和我说话的女人已经不见了踪影。

"阿旭，你在看什么？我刚才的问题你怎么不回答？"阿翎奇怪地站在了我的身前，大大的眼睛里满是不解。

"啊，没什么，没什么。走吧。"我心虚地回答着，低着头和阿翎走回了朋友圈中。

我不知道我怎么了，后来的整个狂欢中我都不在状态。我脑子里想的都是刚才在舞池中遇到的那个女人。

美丽，妖艳，不可触摸。

脑子里反复都是大大小小的问题，类似于"她是谁？""是不是时常都会来这个酒吧跳舞、狂欢？""下次遇到她她还会记得我吗？"等等。

最后回家的时候，我和我的朋友们说，明天再来。阿翎他们只是很奇怪地看了我一眼，却没有人提出异议。

我想，下次再来的时候应该会遇见那个女人的吧。可是，事与愿违，接下来的三四天，我每天都和不同的朋友来这家酒吧，可是我再也没有见过那个女人。

仰光（三）

有时晚上回到家，我躺在床上的时候，我会问自己，那天的一切是不是一场梦。可是无论我怎么不想去相信那是真的，那天发生的一切却是真实发生过的。于是我开始失眠，我开始反复地梦见第一次去酒吧的那个夜。直到有一天，我再次在酒吧里遇见了那个女人。

那是距离第一次去酒吧的一个月后，我的作品因为在市里获了奖，朋友们说要去酒吧里为我庆祝，于是习惯性地，我和他们去了 Cc。

在我和我的朋友们举杯同欢的时候，那个女人出现在了我们的桌台边。她勾着我的肩，满眼带笑地问我："小帅哥，我可以参加你们的狂欢吗？"

"可以。"我鬼使神差地说。

然后她就加入了我们的狂欢。在闲聊中，我知道了她的名字。

骆琪。

我说："骆琪，我可以要你的电话么？"

然后骆琪就咯咯地笑，笑的声音很好听。

"可以啊。"骆琪慢慢地用双手缠绕上我的脖颈，像第一次一样伏在我的耳边轻轻地说。接着她就当着我的面从我的口袋里摸出了我的手机，打开联系人列表，存入了她的电话。

"回见，小帅哥。"骆琪存完电话后亲吻了一下我的手机，交还给了我。临走前，她还不忘冲我妩媚地一笑。

好美。

这是那天夜里骆琪给我留下的唯一印象。

"阿旭，你相信一见钟情吗？"

在一个晴朗的白天，阿翎同我坐在台阶，递给我一罐雪碧。然后她就这么突如其来地问我，我措手不及。

"相信的吧。"我心虚地说，心里反复地想起第一次遇见骆琪的那个夜晚。

"一见钟情真的可以长久吗？"阿翎接着问。

不知道为什么，今天阿翎的问题特别多。

"可以的吧。"我继续敷衍着说，不知不觉，手中的雪碧已经喝了大半。

"喜欢就去追吧。"

说完这句话，阿翎站起来深深地看了我一眼，转身而去。

"喜欢就去追吧。"我反复呢喃着阿翎留下的这句话，有点莫名其妙。

5分钟之后……

"啊！懂了！"我兴奋地站了起来，喝完了手上的最后一口雪碧，从口袋中拿出手机，给骆琪发了一条信息，然后转身离开。

"我想你。"

那天我给骆琪发完信息后整个人都显得非常开心，没有什么可以比这个更令我激动。可是我等了好久,甚至有几个晚上都失眠了,却没有收到骆琪的回信。

最开始的激动渐渐被时光冲淡,两周以后,我已经没有了当初的那种兴奋和期待。

我似乎在一个人自作多情。我这样讽刺自己。

骆琪可能没有看到我的短信。我这样安慰自己。

渐渐地,我忘了这件事。

"怎么样?"

阿翎再次递给我一罐雪碧,像上次一样,坐在我的身旁。

"嗯?什么怎么样?"我被阿翎突如其来的问题搞得有点晕。

"哦,你说那个啊。不知道,我给她发信息了,可是她没有理我。"我沮丧地说,习惯性地喝了一口雪碧。

"真是个白痴。"阿翎撇了撇嘴,也喝了一口雪碧。

然后再无对话。

我因为骆琪再次被阿翎提起,显得有点沉闷,心里堵堵的,却不知道该怎么倾诉。

"阿旭,你的手机响了。"阿翎推了推我。

"啊?哦!"我从神游中回归,从口袋掏出了欢唱着的手机。

手机屏幕上显示的是一个陌生的号码。我好奇地按了接听键,却听见了电话的另一端出现了那个我连做梦都在想着的人的声音。

"阿旭,我心情不好。来陪陪我好吗?我在Cc。"电话那端,骆琪的声音略带沙哑,应该是刚刚哭过。

"啊……好,我马上来。你等我。"我焦急地站起身,挂了电话。

"阿翎,对不起,骆琪找我有事,我先走了。"我匆忙把我手上的雪碧递给坐着的阿翎,在看到阿翎不耐烦的摆手后,我跑向了Cc。

我想这是我第一次见骆琪如此狼狈:凌乱的头发散乱地披在肩头,脸上是已经哭花了的妆,衣服领口有几个扣子没有扣好,她颓废地坐在酒吧的一个墙角的地上,身边全是啤酒瓶。我走上前夺过她手里的啤酒,然后扶着她从地上艰难地站了起来。站起来的骆琪软软地靠在我的怀里,嘴里呼出来的满是酒精的味道。

"你怎么了?"我紧皱着眉,在骆琪的耳边低吼。

然后骆琪就抬起头直直地看着我,眼睛里全是冷漠。就这样持续了将近1分钟,在我已经想要再对她吼一遍刚才的话时,骆琪突然哭了。她闭着眼,眼泪就顺着她的面颊一直流。这是我第一次见女孩这样哭,没有声音,没有动作。然后骆琪就开始吻我,从最开始的浅吻,到最后的疯狂。

第二天醒来的时候,我看见我和骆琪躺在同一张床上,盖着同一床被子。骆琪温柔地用胳膊缠绕着我的脖颈,像昨天晚上一样浅浅地吻着我,然后我听见她说,我们在一起吧。

于是我们就在一起了,奇怪却又如此简单。

最后骆琪还是没有和我说那天晚上她为什么那么失态地喝到烂醉,所有的一切仿佛都没有发生过,但是她是我女朋友了,这是真的。

从那天开始,我和骆琪开始成双成对地出入任何场合。是的,任何场合。那天早上要去上学的时候我才知道,原来骆琪和我是在同一所学校。

我和骆琪的交往得到了所有人的赞同,当然,也包括阿翎。

"哦?你们俩这是在一起了?"

有一天,我和骆琪并肩走在校园里,碰上了正好路过的阿翎。

"嗯,嘿嘿。"我满脸幸福。

"那就好,希望你们可以长久。"

同样像上次一样深深地看了我一眼后,阿翎转身离开。

我相信,我和骆琪会一直在一起的。

直到后来在翻阅一本期刊的时候,我看见有个人写的一句话,才明白,原来我是一个多么傻的人。

只有傻子才会相信爱情会长久。

你相不相信世界上会出现这么一个人，相貌和你长得一模一样，性格却完全相反，并且最不可思议的是，你们两个互不认识。

在我和骆琪交往的3个月后，我遇到了司铭——一个和我长得一模一样的人。

那一天，我像往常一样放学后去Cc找正在舞池里跳舞的骆琪一起回家。在舞池里，我看见骆琪正在和另外一个男人一起跳舞。愤怒之余，我大步走向了骆琪，然后骆琪和那个男人一起转向了我，然后我被惊呆在了原地。

骆琪身边的男人居然和我拥有一模一样的面孔。

骆琪说，那个男人叫司铭，是这家酒吧里新招来的调酒师。让骆琪很惊讶的是，这个调酒师拥有和我一模一样的面容，并且舞跳得很好。

"你好，阿旭，我听骆琪介绍过你。我是司铭。"那个男人友好地向我伸出了手，并且给了我一个很深的拥抱。

"你好。"我说，然后再无下文。

那个夜晚，我就和那个叫司铭的男人共处了两个小时。不得不提的是，他的酒调得真的很好喝，并且如骆琪所说，他的舞跳得很好，DJ也很棒。我有点嫉妒他了。因为我的安静，一般骆琪跳舞时我都是在旁边看着，等她跳累了，给她一个厚实的肩膀。可是现在不一样，骆琪的身边多了一个叫司铭的陪她跳舞的男人，而我依旧是以前那个旁观者。

其间，在骆琪去洗手间的一个间隙，司铭突然很奇怪地和我说，我想做你的弟弟。思考了片刻后，我同意了。因为他有着和我相同的面容，因为中国有句古话叫"朋友妻不可欺"。

在骆琪从洗手间回来后，我就把认司铭当弟弟的事告诉了她。骆琪显得有点吃惊。

"酷。"骆琪挑了挑眉。

于是司铭顺理成章地成了我的弟弟，并且因为没钱而住进了我的房子。同样因为那该死的面容。

后面的事情，我想谁都应该明白的。我把司铭推荐给了我的朋友们，他也很快以我弟弟的身份融入了我的朋友圈。

生活开始恢复正轨，我还是像往常一样放学去看骆琪跳舞，只不过现在多了司铭——是我去看骆琪和司铭跳舞。我以为生活就会这样一直安逸下去，我会和骆琪结婚，我和司铭真的可以相处得亲如手足。

可是，有一天，我发现我们三个人的关系开始变得微妙。

周末的时光总是会被情侣用来约会，我也不例外。一个难得的周末，我和司铭骑着单车去骆琪家接她。在骆琪家楼下的时候，我给她打电话告诉她可以出门了。五分钟后，骆琪从单元大门里出来，直接奔向了停在我前面的司铭。

"喂，你对象在这！"我有点生气。

"啊，对不起嘛，阿旭，我没有分清你和司铭。"骆琪跑到了我的身边，扯着我的衣角，语气里满是委屈。

"怎么会认错！我们俩又不是完全相同。"

"啊，我真的不小心认错了嘛，下次不会啦。"骆琪继续扯着我的衣角。

"算了，上车，我们去游乐园。"我无奈地叹了口气，却没办法再说什么。

我想那是我过得最为糟糕的一天。

晚上回到家，我把自己锁在房间里，开始准备写一些东西。可是从隔壁房间里传来的摇滚乐像一把闷锤，一次又一次地敲打着我的心，让我无法安静下来。于是我忍无可忍，我冲到了隔壁司铭的房间，在司铭的错愕中停止了他的音乐。

"额，哥，怎么啦？"司铭小心翼翼地问我。

"我要写文章，我要安静，你明白？你的音乐吵到我了！"我微微咆哮道。

"啊，知道啦。你去写东西吧，我不打扰你了，我去酒吧跳舞。"说完，司铭就开始穿衣服。

我深深地看了他一眼，转身离开了他的房间。十分钟后，我听见了外面客厅传来的关门的声音，然后全世界变得安静。

我看着窗外的夜幕,思绪紊乱。

我想起来了白天的那一幕,我想忘记可是我却忘不了。我终于控制不住,出了门,向 Cc 走去。我想,也许我看见骆琪后我会安心的。可是未来的某一天我才发现,或许我这辈子做的最不应该的一件事就是那天晚上去找骆琪。

我最不想看到的一幕还是发生了,骆琪和司铭睡在一起,表情甜蜜。

那晚我去酒吧找骆琪,却被酒吧的人告知骆琪不在酒吧。早在一个小时前,骆琪就和司铭走了。

"你知道他们去哪了吗?"我有点害怕地问。

"不知道,但是我听见他们说什么什么酒店。"酒吧的人悻悻地说。

然后我就照着酒吧服务生和我说的地方找了过去,看到了那个我不该看到的一幕。

看到我来,司铭显得很慌张,但是骆琪没有一丝表情,甚至她在睁眼看了一眼来人是我后,又闭上了眼睛。

"为什么?"我安静地问眼前波澜不惊的骆琪。她还是一如既往的美丽,却美得让我心惊。

"最初我和司铭上床的时候我把他当成了你,当我在他的后背看见一个你后背没有的文身时,我想,完了。可是后来我发现跟你在一起没意思,你太安静了。刚开始还好,可是越到后来我越会觉得和你在一起的生活是多么单调。

司铭和我很像，我们俩有共同的爱好，共同的优点。所以我就和他在一起了。"骆琪闭着眼，慢慢地说，脸上依旧没有一丝表情。

"好，我知道了，祝你们幸福。"

身体左边的某一个地方止不住地疼。我强忍着，说出了这句违心的话。后来的某一天，当我苦笑着对阿翎诉说这段辛酸史时，阿翎竟然夸我有魄力。

骆琪和司铭的结合被我宽宏大量地默认了，在外人看来，我们三个还是我们三个，可是骆琪已经不是我的。

司铭搬去了和骆琪一起住，房子又变回了以前的安静。

1个月后，我写的文章被市里的领导推荐给了省里的一个比赛，我很荣幸地得了第二名。于是我的那群朋友们在知道了这件事后，统一嚷着要我请客。习惯性地，我选择了Cc。

那晚我们都喝到烂醉，司铭的酒风很差，一不留神就把他和骆琪的事说了出去。然后我看见骆琪的眼神黯淡了下去，却没有说什么。朋友们以为司铭在耍酒疯，也没把司铭的话当真。后来司铭被不知情的朋友们送到了我的住处。我看着眼前烂醉如泥的司铭，异常清醒。

我蹲在司铭的床边，轻轻地说："司铭，你告诉哥哥，你的家在哪。"

"不知道……"

"司铭,你的父母叫什么?"

"不知道……"

"司铭,你有户口本吗?"

"没有……"

"派出所没有你的出生记录吗?"

"没有……"

"司铭,你告诉哥哥,和我女朋友在一起开心吗?"

"开心。"

"司铭,有没有人告诉过你,我不需要弟弟?"

"唔……唔……唔……"我随手拿起身边的枕头,狠狠地盖在了司铭的脸上,任凭醉到无力反抗的司铭怎么挣扎也不松手,直到最后他不挣扎了,我才停止了动作。

然后我看见新升的太阳,看见它金黄色的光辉洒在我的身上,看见了躺在床上的司铭,一动不动。

"早啊,阿旭。"我一个路过的朋友向我打招呼。

"早。"我安静地说。

"哎,阿旭,你弟弟呢?平常他不是都跟在你身后的吗?"朋友奇怪地问。

"哦,他昨天喝多了,今天不舒服。"我面无表情地说。

晚上,放学后,我微笑着走进 Cc,走到了柜台前,和一个服务生打招呼。

"嗨,阿幸,今天是你的班啊。"

"是啊,司铭。"阿幸顺口回答道。

"哎,司铭,你哥哥呢?平常他不是都会来看你跳舞的吗?"阿幸好奇地问。

"哦,他昨天喝多了,今天不舒服。"我面无表情地说。

第二天,我照常去上学。

"早啊,阿旭。"我另一个路过的朋友向我打招呼。

"早。"我安静地说。

"哎,阿旭,你弟弟呢?平常他不是都跟在你身后的吗?"朋友同样奇怪地问。

"哦,他前天喝多了,这几天不舒服。"我面无表情地说。

晚上,放学后,我依旧微笑着走进 Cc,走到了柜台前,和另一个服务生打招呼。

"嗨,阿福,今天是你的班啊。"

"是啊,司铭。"阿福顺口回答道。

"哎,司铭,你哥哥呢?平常他不是都会来看你跳舞的吗?"阿福同样好奇地问。

"哦,他前天喝多了,这几天不舒服。"我面无表情地说。

"好吧,你看见骆琪了吗?你俩不是一直都在一起的吗?她已经两天没来了。"阿福又问。

"没有,我和骆琪没有关系了。"我淡淡地看了阿福一眼,示意他以后不要再和我提。

而从那天以后,我再也没有听到过关于骆琪的消息。

257

1个月后……我像往常一样去上学。

"早啊,阿旭。"阿翎向我打招呼。

"早。"我安静地说。

"哎,阿旭,你弟弟呢?平常他不是都跟在你身后的吗?"阿翎奇怪地问。

连续近1个月的被问让我很不耐烦。我抬起头直直地看着眼前的阿翎,半晌才开口。

"死了……"

三生石上，咫尺画堂

晓月坠，宿云微，无语枕边倚。梦回芳草思依依，天远雁声稀；啼莺散，余花乱，寂寞画堂深院。一片红休扫尽从伊，留待舞人归。

仰光 二

据史书记载，公元 937 年，吴国丞相徐温的养子徐知诰（徐诰）废吴王杨溥自立，国号唐，建都金陵，改姓名为李昪，史称"南唐"。公元 943 年，李昪去世，由其子李璟继承皇位。公元 961 年，李璟去世，太子李煜即位。公元 975 年，宋军攻陷金陵，南唐灭亡。

可画。你可知道世界上最令人难过的是什么？
——多年以后，我已不在，你已嫁作人妻。

我 叫李堂，李璟的第十三个儿子。宫里的人都喜欢叫我阿堂，可是我不喜欢，我更喜欢他们叫我十三阿哥。

我的母后是一位已经失宠的后宫嫔妃。因为我是男子，所以深受父皇的重视，在我出生年满 8 岁的时候，父皇下令把我过继给皇后。于是从那以后，我便很少和母后见面了。

在我小的时候，母后总是陪伴在我的身边。印象中，母后的声音总是很温柔很温柔，我睡不着觉的时候，母后就会把我抱在怀里，给我念以前她和父亲在一起时写的词句，用拨浪鼓有节奏的鼓声哄我入睡。每次念完词句后，母后总是会温柔地伏在我的耳边对我说:"堂儿,你长大后也一定要做一个像你父皇那样的男子。"

小小的我总是想不清,为什么父皇不要母后了,母后还是那么那么爱他。

每次父皇想要见我的时候都会派一个太监来宣读一个黄色的东西。母亲抱着我对着那太监行礼,然后那个太监会和母后说些什么,接着就把我抱走了。父皇在我眼里曾经是一个很绝情很自私的男人。他总是剥夺我留在母后身边的权利,自私地在他的偏殿里和他的其他女人一起逗我玩,还妄想我笑。有时候父皇批奏折批到夜深的时候,他就干脆不让那个抱我来的太监送我回母后身边,他让我和他一起过夜。每当那个时候,我都会想母后。母后现在在干些什么呢?母后看我还没有回去她会着急吗?母后是不是又在偷偷落泪?

……

在我满3周岁的时候,我的父皇破例来到了我母后的寝宫。我记得,那一天母后激动地给父皇请安时差点摔倒。她脸上的笑容是我永远都没见过的美。可是父皇并没有动容,他只是淡淡地和母后说了一声"辛苦了"就再也没有和母后说话。他是来抱我走的,他甚至连母后专门为他泡的茶都没有喝一口就抱我走了。趴在父皇的背上,我看见母后黯然神伤的目光,心揪得疼。

仰光(三)

晚上被人抱回来的时候,我看到的是母后红肿的眼睛,却布满欣喜的脸。后来,等我长大了一点后,母后和我说起小时候的事,才慢慢说出原因——她以为那晚父皇不会让我回来的。

在我6岁的时候,父皇专门为我请来了一个师傅教我读书写字。学写字的第一天,师傅教我写的第一个字是"爱"。师傅说,看我像是那种天资聪颖的孩子。

每次在书房学写字的时候,母亲总是会透过书房的小窗从外头笑着看里面的我。然后我就会特别乖特别用功地学师傅教我的一切。休息的时候,师傅摸着我的头说:"十三阿哥真是个聪明的孩子。希望你日后可以懂为师教你的'爱'字为何意。"

因为我每天都在很用功地学习,师傅也很喜爱我。他每次面见父皇的时候总是会在父皇的面前夸我,所以每次师傅回来总会给我拿回来很多很多父皇赏赐我的东西,而我也总是把父皇赏赐来的那些东西送给母后用。我和母后说:"这是儿臣孝敬母后的。"

7岁那年,在母后再一次和我说起那句以前时常说的"堂儿,你长大后也一定要做一个像你父皇那样的男子"这句话的时候,想要问清楚的我开口问了母后那个问题:"母后,为什么父皇不喜欢你了,你还喜欢父皇?"

我记得,那天母后听到我的问题愣了一两秒后,摸着我的头微微笑着和我说了这样的话。

"堂儿,你以后会懂的。当一个人爱另一个人爱到无以复加的地步,哪怕那个人再怎么伤害她,她还是会爱他的。其实,母后可以这样留在你父皇身边,默默地看着他,心疼他,母后就真的已经很满足了。堂儿,不要怪你父皇,他也是有苦衷的。"然后我就看见母后转过头去,盯着窗外的景,不再言语。

晚上睡觉的时候,我模模糊糊的在梦中听见母后在我耳边呢喃的声音。母后说:"其实,堂儿,能在身边就是幸福,相守亦足。"

父皇在最近的一段时间总会频繁地召我去皇后那里和他们一起用膳。不知道为什么,皇后对我很好,好到让我接受不了,好到让我觉得莫名其妙。她对我好得像是把我当作她的亲生儿子一样。

知道什么是世上最痛苦的事吗?对我来说,世上再也没有比无能为力更痛苦的事了。

在我8周岁的时候,我的父皇再次破例来到了我母后的寝宫。可是,接下来父皇让太监宣读的事却让我难以置信。太监说,圣旨上写母后私通外国,罪应处斩,但皇上念在往年夫妻旧恩的份上,决定让母后自刎。特赐白绫一段,鹤顶红一瓶,匕首一把。

我发疯一样地阻止太监把那些东西端上来,却被母后喝住。母后说:"臣妾接旨。"

"堂儿。"母后说,"有些东西日后你会明白,母后不想多说。有些东西不要管原因,不需要查明,只需要你说遵旨就好。原谅你父皇。"

然后母后在静静地看了父皇3秒钟后抄起眼前的匕首划向了自己的喉咙。割的时候,我听见母后平静地对父皇说:"谢主隆恩。"

"不!"我大声哭喊着,然后我就看见大朵大朵红色的花在母后的身旁绽放,开出好看的样子。

那个时候,有那么一刹那,我的脑子里回响的全是母后那晚伏在我的耳边和我说的话。

"其实,堂儿,能在身边就是幸福,相守亦足。"

……

8岁那年,我亲眼看着我的生母死在我的面前,却无能为力。我被过继给对我很好的皇后,父皇让我叫她皇额娘。

在母后自刎的1个月后,父皇下令把母后的寝宫封了,不允许任何人再踏入那里一步。于是,母后的死变成了宫中所有人茶余饭后的话题。1个月后,所有人都不再提起有关母后的一切。半年后,母后从所有人的脑海里消失,除了我,除了我的父皇。

8岁那年,目睹母后自刎的我,对父皇恨之入骨。在母后死后的3天里,我甚至以绝食来抗议父皇。直到有一天,我看见父皇一个人驻足在母后的寝宫前落泪时,我放弃了。

那是我被过继给皇后的3个月后。那天是母后的生辰,天下着小雨,我因为十分思念母后,偷偷从皇后那里跑了出来。然后我就看见了我的父皇,他一个人站在母后的寝宫前,没有打伞。

"父皇,你怎么没有打伞?那些太监呢?"我站在父皇的身边,把我的伞给父皇撑上。

"啊!堂儿啊。"父皇转过身,尴尬地看着我。

然后我发现父皇在流泪。

"父皇,你……"我有点不敢相信。

因为父皇那些年对母后的态度,因为母后的死是父皇赐的。

"堂儿……"父皇的声音苍老了许多,"你恨父皇吗?"

"恨。"

"父皇给你讲个故事吧。"

"好。"

然后父皇就开始给我讲他和母后曾经的故事。那天,天一直下雨,不停。

"我和你母后是在一个湖边认识。那年我还不是皇帝,只是奉父皇之名去江南视察。我一个人坐着船,却不巧碰上下雨。当时在船上的我就想,老天爷不作美啊,然后我就看见了你的母后。她坐在另一只小船上,和我同样被困在湖里。那时候你的母后比现在还要漂亮,我对她可谓是一见倾心。于是我在船的这头对船那头的你母后喊:'姑娘,今日有缘同困一湖,不知可否邀姑娘来船上一见?'然后你母后就从她的那只船上来到了我的船上,那一夜真美,我和你母后吟诗作对,无所不谈。第二天,我就把你母后带在了身边,后来又带回了宫,并且迎娶了她。可是在迎娶你母后的时候我才知道,你母后原来是别国一个将军的掌上明珠。当时两国之间没有战争,而我也没有登基,所以我的父皇答应了我和你母后的婚事。可是,两个国家各自为利,又怎么不会打仗呢?于是在我登基后的第二年,你母后的国家和我们的国家开始打仗。朝中有人不满你母后的身份,猜测你母后外通敌国,想要我杀了你母后。我以你母后怀有身孕为由,堵住了他们的嘴,但是为了稳住朝纲,我开始冷落你母后。后来你就出生了,而你母后的国家也和我们息战了,所以你母后的身份也就这么搁浅了下去。我本以为,一切都会恢复如初的,可是我没想到的是,半年前,你母后的国家再次因为领土和我国开战,而你母后的身份又被一些人翻出。朝中大臣纷纷上书要我除去你母后,并凌迟她。我没有接受。三个月前,我们的前线告急,一座城池已经沦陷,朝中的反对声也越来越大,为了江山社稷,我只好忍痛下旨,赐死你母后。"

外面的雨还在下着,却让我想起了母后和父皇初次相识的场景。因为怕父皇身体抱恙,于是在父皇和我讲他和母后的故事时,我提出了去寝宫里听的要求。而此时的我,却再没有心情去想外面的雨。父皇重提母后的死让我心痛得几近窒息,父皇和母后相爱却不能在一起的事实更是加重了我对母后的心疼。

那一夜,我像小时候一样,和父皇在他的寝宫里一起度过,心里却没有了以前的芥蒂。我不知道,原来有一份爱可以这样去感受、去体验、去承担;我不知道,原来有一份爱可以这样无私、无悔、无怨;我更不知道,未来有那么一天,我也会爱上一个人,至死无悔。

"堂儿。"我听见父皇在叫我。

"嗯……"我迷迷糊糊地回答。

"你还恨父皇吗?"

"恨……"

"乖孩子,睡吧。父皇和你母后一样爱你。"

我想,这是那个身不由己的男人送给我 8 岁时的最温暖的一句话。

我现在的母后是当今的国母——皇后。她让我和她的亲儿子一样叫她皇额娘。都说宫中的女人心机很重,城府很深,可是在我的印象里,母后和皇额娘都很善良。皇额娘对我真的很好,她让我和皇兄一起学习,一起练武,把我当亲生儿子一样对待。

我的皇兄叫李煜，是皇太子。

皇兄对我也很好，把我当亲弟弟一样对待，在母后被赐死的那段时间里，皇兄总是保护我不被任何流言蜚语讽刺和攻击。

皇兄最喜欢吟诗作对，和父皇很像。但是他没有父皇那么血性，那么果断。皇兄总是会在师傅教我们武功的时候逃掉，他说他不喜欢习武，也不喜欢带兵。皇兄和我说："堂儿，你去学武功就好，将来做皇兄的大将军，咱兄弟俩一起治理南唐。"于是，我像小时候学写字一样学习练武。错觉地，我总是会在练武的时候看到母后在庭院里看我习武。我又想起了母后看我写字的日子，心里隐隐地疼，于是我更加用功。我想将来的某一天，杀了所有上书父皇逼死母后的那些大臣，带兵把逼死母后的那个国家灭了，为母后报仇。

皇兄还是一如既往地喜欢即兴诵词，每次他有了好的作品都会把我叫去他的寝宫一起欣赏。

晓月坠，宿云微，无语枕边倚。
梦回芳草思依依，天远雁声稀；
啼莺散，余花乱，寂寞画堂深院。
片红休扫尽从伊，留待舞人归。

16岁那年，冬日。皇兄在把我叫去他的寝宫后，给我看了他新写的词。

"皇兄写得真好,不愧是皇兄,臣弟自叹不如。"我连声称赞。

"哈哈,不错吧。我就知道,我写的东西一向很好。"皇兄自豪地说。

"皇兄,恕臣弟愚笨,不解词意,还是请皇兄为臣弟解释下这词的意思吧。"

"哈哈,好的。"意气风发的皇兄欣然允诺。

"这诗的意思啊,是这样:晓月已经慢慢坠落,晚上的云开始消散,天快亮了。这正是该熟睡的时候,然而我却醒着,辗转反侧。原因是'梦回芳草'。我做梦梦到了思念的人,午夜醒来思念已极,再也无法入睡。想借雁队与远方的人互传相思之情,可是天远雁难来,自己相思难寄,伊人也音信无凭。依依的思念,却无可托付。鸟声飞散,晚春的花朵也纷乱。画堂深院,更添了离人的寂寞愁绪。我看着庭院中满地的落花,不禁想:就这样不要打扫落花,任由它飘落在庭前,等待我思念的人回来看。"皇兄沉醉在自己的词里,无法自拔。

"皇兄,我喜欢你那句'寂寞画堂深院'。"

"真的吗?是因为有'堂'字吗?"皇兄一副老谋深算的样子。

"嘿嘿,被你猜对了。皇兄真聪明。"我讪讪地笑,有点不好意思。

这时候，皇兄走了过来，摸了摸我的头，对我说了一句像极了母后说的话。他说："你还小，这词的意境你还体会不到，以后你就知道了。因为爱，所以爱，若相守，定不弃。"

我还想再问皇兄点什么，师傅却已经来催我们练武了。于是讨厌练武的皇兄堂而皇之地逃了，留下迷茫的我和无奈的师傅。

满庭的积雪白得有些晃眼。手中的长剑随着我的肢体舞动，在阳光照射在刀剑上反射出的光影里，我依稀又看见了母后。她微笑地看着我，温柔而又安静。

情绪失控。

……

18岁那年，我已经是南唐国的大将军，人称"堂将"。

父皇是在我16岁时驾崩于他自己的寝宫的，那个时候我便知道，我是真的无依无靠了。让我一直没有放下的是，父皇在死后的诏书里要求把母后的遗体和他一并葬入皇陵。我想，或许父皇和母后在地下会相见吧。相守真的很令人羡慕。

皇兄理所当然地成为新的皇帝。而且皇兄没有食言，在他登基后的1个月里就已经下旨任命我为南唐大将军，为他南征北战。后来的两年里，我带领南唐国的军队英勇作战，屡战屡胜，而我也因为权力的不断扩大逐步地完成了年少时的愿望——把上书父皇逼死我母后的那些个大臣全部都以各种各样的罪状斩首。

皇兄有一日在我建功后班师回朝的时候把我叫到他的寝宫，欣慰地和我说："臣弟，你真是好样的，越来越有父皇当年的风范了。"

我作揖谢过皇兄，和皇兄对饮了几杯酒后离去。母后说，想要堂儿将来成为一个和父皇一样的人，堂儿做到了。

命运的大网越来越大，越来越大。终于有一天，它大到把我包裹其中，我无力反抗。

18岁那年，我遇见了一位名叫温可画的女子，她美得像一幅画。人如其名。

我总是会在梦里梦见小时候的自己。我看见自己被母后抱在怀里，安然入睡。母后给我诵读她与父皇一起作的词句，母后用拨浪鼓有节奏的鼓声哄我入睡，从没有失去耐心。

一日，我身穿便衣，出宫到京城里去玩，正好碰上有个小贩在摆摊卖拨浪鼓，令人惊喜的是，其中有一个拨浪鼓和母后小时候哄我入睡时用的拨浪鼓很相像。于是我就那样遇到了可画，这个烙印在我灵魂里一辈子的女子。

当我把手按在拨浪鼓上准备拿起来的时候，另一只手也按住了我按着的拨浪鼓。是的，我和可画最开始都看上了那一面鼓然后由此相识。

可画不同于宫中的那些女人,她的姿色和气质也比朝廷中那些大臣的女儿好得多,所以我就把她记在了心里。

"姑娘,不知可否告诉在下姑娘的芳名?"

"我干嘛要告诉你?"可画颦眉的样子真的很可爱。

"这面鼓是我先拿的,姑娘是后来才拿的。常理说,这面鼓应该归我,可是我看姑娘也很想要,不如姑娘告诉我你的芳名,我把这面鼓赠予姑娘可好?"我故作彬彬有礼。

可画的眼睛亮了一下,"好吧,我叫温可画。"

"啊,在下李堂。很高兴认识姑娘。"我又故作成熟地说。

"行了,少来吧,南唐大将军李堂,谁不认识。你这样好矫情!"

我目瞪口呆。

我们就这样相识了,荒唐地、可笑地。

"话说,南唐的大将军,应该对京城很熟吧?带小女子参观参观可好?"

"啊,荣幸至极。"我连忙说。只是我没有告诉她,其实我也不熟悉。

我们理所当然地迷路了,在偌大的京城里。我找不到回将军府的路了。

"南唐的大将军怎么会这么笨!"可画气愤得无以复加。

"我……我也没怎么出来过。"我尴尬得有点结巴。

最后是路过的京城兵看见了我们并认出了我,才带我们回到了将军府。于是，可画成了我将军府的常客。

时隔两三天，可画就会来我的将军府外喊我到街上去玩。我总是会让府上的人不理她，不给她开门，直到她最后砸门才让她进将军府，并且我总是乐此不疲。

"坏蛋！李堂你又不给我开门！"这一定是可画进将军府里说的第一句话。

6月，一个多雨的季节。

有一次，可画来府上找我，没有被无视就直接被放了进来。那个时候我正在凝视着窗外的落雨，打在庭院里的樱花树上，发出好听的声音。

"李堂，你在干嘛啊？"

"想一个人。"我没有了平时的玩闹。

"谁？"

"我母后。"

"你管你娘叫母后的吗？"

"我是当今南唐国的十三王爷，当今圣上是我的哥哥。"

"啊！你是皇室的阿哥啊。"

"嗯。"

"我也是。"

"什么？你刚才说什么？"我惊讶地看着可画，简直不敢相信。

"好吧，看在你告诉了我你的另一个身份的份上，我就告诉你。本小姐可是南汉国的公主!"

我被惊得坐在了凳子上,一副惊魂不定的样子。

"喂,不至于吧?把你吓成这样?放心啦,我是自己从宫里逃出来的,我父皇还不知道我在南唐国。"可画一脸的鄙夷。

"有没有人告诉你,我喜欢你?"我没头没脑地来了一句。

"嗯?你说什么?"这回轮到可画被吓住了。

"我说我什么也没说。"我一脸安静。

"好吧。跑题了。你母后呢?"

"死了。"

"啊。对不起,我不知道。"

"没事,想要听听关于我父皇和我母后的故事吗?"

"嗯,好。你讲吧。"

然后可画就那样安静地靠着我,伴着窗外淅淅沥沥的雨声,听我讲起了父皇和母后的故事。我想,可画是第一个愿意安静地听我讲故事的人。那一晚,我似乎回到了十年前,我坐在父皇的身边,听父皇讲他和母后的故事。

恍如隔世。

……

"报——"一个侍卫急忙跑了进来,跪在地上。

"讲。"皇兄坐在龙椅上,威严无比。

"前线传来战报,西城沦陷,求情支援。"侍卫急切地说。

"可又是那个多事的南汉国?"

"回皇上,是。"

大殿上,文武百官面面相觑,却又不敢出声。

"谁愿意率兵支援前线?"皇兄问道。

"启禀皇上,臣弟愿意带领军队支援前线,为国效力。"我主动请缨。

"好!不愧是朕的好弟弟。去吧!兵力随你调遣。"龙颜大悦。

"遵旨。"

我要带兵出征的消息传遍了整个京城,当然,可画也知道了。她说她要和我一起去,我拗不过他,便携她同程。

我相信,这是我打过的最艰难的一次仗。幸运的是,我胜了,大退敌军。没想到的是,打胜仗的当天晚上,当所有人沉浸在胜利的喜悦中时,敌军偷袭。

我看着我身边的战士一个又一个倒下,无能为力。我只能拼命地杀敌。

"可画,小心!"

当我看见一支箭直冲可画而去时,我的整个脑子都是空白。

"李堂——"

可画的声音响彻天际。

怀里的女子哭得像个泪人,而我却再也没有力气伸手帮她拭去眼角的泪滴。在看见可画有危险的时候，我身体本能地冲了过去，紧紧地把她抱在怀里。然后我听见了刀刃刺进肉体的声音，那么清晰。

我听见四周混乱的声音，世界一片黑暗。

——我心爱的可画，原谅我，不能再陪你。

那天晚上的偷袭敌军最终以失败告终，南唐还是获得了胜利，可是我却再也无法醒来。

可画，你相信有灵魂出窍这么一说吗？闭上眼睛的时候我才知道，我是那么爱你。

——我不甘心。

"李堂，李堂，你这个混蛋！赶紧让他们给我开门！呜呜……"

我看着眼前在将军府前快哭的女子，心疼得要命。

"这是谁家的孩子啊，这么不懂规矩。李堂将军都死了还来捣乱。"一位过路的老婆婆叹了口气，继而远去。

然后我就看见可画停止了所有的动作，一动不动地站在那里。一分钟之后，可画蹲在将军府门前的地上突然开始号啕大哭。

呼吸就在那么一瞬间停止，窒息地疼。

你有没有那样地爱过一个人。你以为他不会离开你，可是有一天当他真的离你而去，你却像个傻瓜一样固执地不肯接受。你忘记了他已经离去，所以你还依赖着曾经和他在一起的习惯，当你怪他还是像以前一样调皮的时候，你却突然想起，他已不再。然后你颓然无力，精疲力尽。现实强迫般告诉你，你只剩你。心脏撕扯般疼痛，在一瞬间疼到失去自己。

　　我就那样看着可画在我的府前哭了整整一天，无能为力。然后她转身离去，再没回头。

　　多年以后，我看见宋朝攻打南唐，南唐惨败。皇兄被俘，南唐灭亡。

　　温可画嫁作人妻。

　　若不离，定不弃。若离弃，请照顾好自己。

　　温可画，李堂——三生石上，咫尺画堂……

后记

我是喜欢写一些文字的,一些表面上读起来平淡如水的文字,在你某一天某一刻某一件事后突然回想起的文字,那种在你不知不觉已经深深地渗入你的骨髓伴你成长的东西。或许是可以用厚积薄发来形容的吧,有些东西只有经过时间慢慢地洗涤才可以发光发亮的。

当我们在生命的某一刻突然发现有些自己想要拼命记住的东西是那么容易随时间流逝的时候,文字便是用来记录曾经的一个最好的方式。我一直这样认为。

最初写文的目的,或者说初心,其实很简单。看的文章多了,心里也就想像那些作家一样写些什么出来。应该说,每一个热爱文学的人都有一个作家梦的。不管知名度高不高,是否有人喜欢,这都是自己的一种荣誉。那时候的自己还未满18岁,因此,作家梦就变成了18岁成人礼的一个实践过程。我想把我的第一部作品,当作我人生第一次值得纪念的礼物。所幸的是,19岁生日之前,我完成了它。

关于本书,其实最开始我并没有想将它出版,仅仅是想集稿成册,给自己留一份念想,存一份感动,记录自己

后记

的成长点滴。后来,在多位文学界老前辈的鼓励与家人的支持下,我才有勇气决定将这份"青涩的青春"呈现给读者,向社会展露关于我们90后的,来自青春的痕迹。

两年前的我很喜欢小四的作品,他文章的字里行间流露出的忧伤像极了我难过时候的样子,不仅仅如此,我更佩服的是他文字里的那种向上的张力,这让我极大地喜欢上了文字带给我的舒适感。于是,我想学着他一样,以自身为写照,写出一部作品来。

当然,我现在依旧很欣赏小四的文风,只不过或许是时间长了,最初的依赖感和欣喜慢慢变淡,而且自己也在岁月不知不觉的拉扯下慢慢成熟,以前很多偏执的想法都逐渐放下了,放开了。

我相信,人总是在不断的反思与改变中前进,最终变成了我们现在的样子。小的时候,我们总是会抱怨很多,哪怕身边一个看似并不重要的事有时候也会让我们牵肠挂肚很久。我还记得两年前动笔开始写这部作品的时候,铺天盖地的是满满的悲伤和绝望,似乎任何一个事物都不再有机会得到希望,恋旧似乎变成了一个永恒的话题,不管任何时候提起心里都是充满着不舍和难过。而再到后来,我过了19岁生日,再提起笔去写下一些东西的时候,我发现,我的文字虽然还是会让人感到难过,但是总是可以从中再看出些希望之火的。我最初的不舍和难过,慢慢转化成一些放手和看透,我知道我在这一年多的时间里又多学会了一个东西,那就是接受。

整本书中掺杂的不仅仅是发生在我身边的故事,还有发生在我梦里的故事。那些在海边、在酒吧,甚至穿越了年代回到古代的那些似曾相识的画面,都是我从梦里拾回来的。我不知道我为什么会梦到这些,我也不知道梦到这些意味着什么,但是我清楚地知道,这些故事感动到我了,并且仅为我所有。所以我讲了出来,而它们变成了我笔下的那些个样子。

这本书从逻辑上看似乎很乱,根本找不到一条线可以把它们都串起来。确实,因为它们不是一个完整的大故事,也并没有单纯地围绕着某一个完整的主题去进行。它们仅仅是我在难过时、在有所感悟时,或者在梦中挣扎后醒来时记录下的文字。它们是我从18岁迈向19岁进而向20岁奔跑的一个记录,是我那个短暂青春的缩影。但是,我还是将它们作了归类,区分我的情感状态,以飨读者。

书名之所以为"仰光",是因为我一直相信,黑暗的背后一定就是光明。哪怕天空布满乌云,待你下一次抬头时,一定会是晴空。人生本来就是个成长的过程,从最初的执拗变成最后的看开,没有谁会一直原地踏步。我们都会在成长的某一个阶段,对自己的成长有一个新的认识。所以,哪怕这本书中有些内容比较晦涩,但你还是可以从中捕捉得到点点光明的。

  我相信，很多人都会从这本书的某个篇章中自然地找到自己曾经在某一个时段的经历。像我一样，像大多数人一样，在年少的时候轻狂过，迷茫过，也想过放弃，也考虑过梦想。但是他们并没有像我一样，用文字记录下来。而我很乐意看到他们可以从我的书中找到他们曾经有过的感觉，得到他们感同身受的认同。

  这就是这本书最大的价值。

  感谢为我的作品作序，以此鞭策、鼓励并寄予我希望我的各位文学界前辈；感谢山西人民出版社为本书付出过的编辑们；感谢一直陪在我身边的那些人，那些给我力量写下去、坚持下去的你们。

2015年8月

写于贵阳